线装国学馆
全唐诗精选

全唐诗精选

全唐诗精选

线装国学馆

第三卷

韩翃

【作者简介】

韩翃，生卒年不详，字君平，南阳（今河南南阳）人，『大历十才子』之一。天宝十三载（754）进士。安史之乱后，流浪江湖，曾参淄青及宣武节度使幕。后闲居长安十年。因为诗作《寒食》受唐德宗赏识，以驾部郎中知制诰，官终中书舍人。

送冷朝阳还上元①

青丝缆引木兰船，名遂身归拜庆年②。落日澄江乌榜外，秋风疏柳白门前③。桥通小市家林近④，山带平芜野寺连。别后依依寒梦里，共君携手在东田⑤。

【注释】

①冷朝阳：江宁（今江苏南京江宁）人，生卒年不详，唐代宗大历四年（769）进士。上元：上元县，即江宁。

②缆：系船的绳索。木兰船：指用木兰树材制成的船，船的美称，诗歌中惯用语。木兰：香木名。名遂：功名成就，指进士及第。拜庆：即拜家庆，归家省亲。

③澄江：长江的一段。乌榜：村名，在上元县天庆观西。一说黑油涂饰的船。白门：金陵城正南宣阳门，后指金陵。

④小市：小集市。家林：自家的园林，指家乡。

⑤寒梦：一作『寒食』。东田：地名，在上元县东八里，指冷朝阳的住处。

寒食即事①

春城无处不飞花，寒食东风御柳斜②。日暮汉宫传蜡烛，轻烟散入五侯家③。

【注释】

①题目一作《寒食》，一作《寒食日即事》。寒食：即寒食节。

②春城：暮春时的长安城。御柳：皇城里的柳树。

③汉宫：汉时皇宫，此处指唐时皇宫。传蜡烛：寒食节禁烟火，但受到皇帝特赐，可以例外。传：递送，传送。轻烟：蜡烛燃烧产生的烟，一说指清明所用的新火之烟。五侯：东汉桓帝时，宦官单超、徐璜、具瑗、左悺、唐衡同时封侯，世称五侯；西汉成帝封诸舅王谭、王商、王立、王根、王逢时为侯，称五侯。此处指当权的宦官或外戚。

刘方平

【作者简介】

刘方平，生卒年、字号均不详，洛阳人。约唐玄宗天宝前后在世。曾应试、从军，均未如愿。后隐居不仕，与元德秀、李颀、皇甫冉、严维、严武等人为诗友。传其为美男子。

夜月①

更深月色半人家②，北斗阑干南斗斜。今夜偏知春气暖，虫声新透绿窗纱③。

【注释】

① 题目一作《月夜》。

② 更深：夜深。更：古时夜间计时单位，一夜分为五更。半人家：月光半照房屋。北斗：即北斗七星。阑干：横。南斗：即南斗六星。

③ 偏知：才知。新透：春天时虫类从蛰伏中苏醒，故称。

张潮

【作者简介】

张潮（一作『张朝』），生卒年不详，曲阿（今江苏丹阳）人。盛唐、中唐间有诗名。未曾入仕。主要活动于唐肃宗、唐代宗时代。殷璠曾以其诗编入所辑《丹阳集》，余不可考。

江南行

茨菰叶烂到西湾，莲子花开犹未还①。妾梦不离江水上②，人传郎在凤凰山。

【注释】

① 茨(cí)菰(gū)：即慈菇，水生宿根性植物，可食。到：指下文『妾』为丈夫送行。西湾：地名，在今江苏扬州瓜洲附近。一说泛指江边某地。莲子：荷花。花开：一作『花新』。

② 水上：一作『上水』。凤凰山：多地均有凤凰山，难以确指。

顾况

【作者简介】

顾况，生卒年不详，字逋翁，海盐（今浙江海盐）人，一说苏州人。唐肃宗至德二年（757）进士。唐德宗贞元三年（787）官著作郎，因诗作嘲讽权贵，贬饶州司户参军。晚年隐居茅山与海盐故居，自号华阳山人。其绘画亦有成就。

公子行①

轻薄儿，面如玉，紫陌春风缠马足②。双镫悬金缕鹘飞，长衫刺雪生犀束③。绿槐夹道阴初成，珊瑚几节敌流星④。红肌拂拂酒光狞，当街背拉金吾行⑤。朝游鼕鼕鼓声发，暮游鼕鼕鼓声绝⑥。入门不肯自升堂，美人扶踏金阶月⑦。

【注释】

① 公子行：乐府旧题，内容多写王孙公子的豪奢生活。

② 儿：指公子哥。紫陌：京城大道。

③ 缕鹘(hú)：指绣有鹘鸟飞翔图案的马鞍。鹘：鸟名，鹰科。飞：既指马纵如飞，亦形容马鞍上的图案形象生动。刺雪：刺着白色的花纹。生犀束：束着犀牛皮制作的腰带。

④ 珊瑚：指饰有珊瑚的马鞭。敌：赛过。

⑤ 红肌：脸色通红的样子。拂拂：颤动的样子。狞：狰狞，形容酒气逼人。一作『凝』。背拉：推搡。金吾：皇帝的禁卫军。

⑥ 朝游：清晨出游。鼕(dōng)鼕：鼓名，指街鼓。鼕：象声词，鼓声。暮游：晚归。

⑦ 升堂：登阶入室。金阶：饰金的台阶，泛指豪门的台阶。月：月色。

过山农家①

板桥人渡泉声，茅檐日午鸡鸣②。莫嗔焙茶烟暗③，且喜晒谷天晴。

【注释】

①题目一作《山家》。

②茅檐：茅屋。板桥：言人在泉声中渡过板桥。

③嗔：嫌弃，责怪。焙茶：烘炒茶叶。

戎昱

【作者简介】

戎昱，生卒年不详（一说744—800），荆南（今湖北江陵）人。早年举进士不第，浪游湖、湘一带。卫伯玉镇荆南时，辟为从事。后流寓湖南，任潭州刺史崔瓘、桂州刺史李昌巙幕僚，唐德宗建中、贞元年间，历任辰、虔二州刺史。晚年在湖南零陵任职，流寓桂州而终。

桂州腊夜①

坐到三更尽，归仍万里赊②。雪声偏傍竹③，寒梦不离家。晓角分残漏，孤灯落碎花④。二年随骠骑⑤，辛苦向天涯。

【注释】

①桂州：治所在今广西桂林。腊夜：除夕夜。

②三更：二十三点至转天一点。归：归路。赊：遥远。

③雪声偏傍竹：雪落在竹子上飒飒作响，让人感觉寂寞凄凉。

④晓角：报晓的号角声。分：区分，替代。残漏：漏壶之水将尽，指天将亮。漏：漏壶，古代计时器。碎花：残存的灯芯。

⑤骠骑：骠骑将军的略称，此处指诗人的主帅。

移家别湖上亭

好是春风湖上亭①，柳条藤蔓系离情。黄莺久住浑相识，欲别频啼三五声②。

【注释】

①好是：一作『好去』。

②浑：简直，几乎。三五声：数声，一作『四五声』。

卢纶

【作者简介】

卢纶，生卒年不详（一说748—799），字允言，蒲县（今山西永济）人。少年时家困多病，应试数次均未及第。安史之乱起，避寇南行，客居鄱阳。唐代宗大历初年数举进士，仍不第。诗名渐盛，为『大历十才子』之一。宰相元载素赏其文学，得补阌乡尉。后受宰相王缙赏识，迁集贤学士、监察御史。唐德宗建中初，为昭应县令。浑瑊出镇河中时，召其为元帅府判官。终检校户部郎中。

晚次鄂州①

云开远见汉阳城，犹是孤帆一日程②。估客昼眠知浪静，舟人夜语觉潮生③。三湘愁鬓逢秋色④，万里归心对月明。旧业已随征战尽，更堪江上鼓鼙声⑤！

【注释】

①次：停留。鄂州：即今湖北鄂州。

②汉阳城：即今湖北汉阳。犹是：还有，还要。

③估客：即贾客，商人，与诗人同船而行。舟人：船夫。

④三湘：湘江三条支流沅湘、潇湘、蒸湘的合称，此处泛指湘江流域，即洞庭湖一带。愁鬓：因愁而鬓白，一作『衰鬓』。

⑤更堪：不能承受。江：长江。鼓鼙声：战鼓声，此处指潮声如战鼓声。

腊日观咸宁郡王部曲娑勒擒虎歌①

山头曈曈日将出②，山下猎围照初日。前林有兽未识名，将军促骑无人声③。潜形踠伏草不动，双雕旋转群鸦鸣④。阴方质子才三十，译语受词蕃语揖⑤。舍鞍解甲疾如风，人忽虎蹲兽人立。欻然扼颡批其颐，爪牙委地涎淋漓⑥。既苏复吼拗仍怒，果叶英谋生致之⑦。拖自深丛目如电，万夫失容千马战⑧。传呼贺拜声相连，杀气腾凌阴满川。始知缚虎如缚鼠，败寇降羌在眼前⑨。祝尔嘉词尔无苦，献尔将随犀象舞⑩。苑中流水禁中山，期尔攫搏开天颜⑪。非熊之兆庆无极，愿纪雄名传百蛮⑫。

【注释】

①腊日：即腊八，农历十二月初八。咸宁郡王：即浑瑊（jiān），铁勒族浑部，唐朝名将。一作『咸宁王』。部曲：部属，部下。娑勒：人名。虎：一作『豹』。

②曈曈：日初出明亮的样子。

③促骑：快马加鞭。

④踠伏：蜷伏。

⑤阴方质子：指娑勒。阴方：泛指阴山一带的少数民族地区。质子：古时一国归附另一国，为示忠诚，君主往往将自己的儿子作为人质，派到另一国长住。译语受词：通过翻译，接受指令。蕃语揖：用蕃语回答，行揖礼。

⑥欻（xū）然：忽然。颡（sǎng）：额头。批：打。颐：面颊。爪牙委地：指老虎倒地。涎：虎的唾液。

⑦拗：不驯服。叶：符合，实现。英谋：英明的谋略，指咸宁郡王的指令。

⑧失容：因恐惧而脸色变。战：战栗，颤抖。

⑨在眼前：一作『皆目睹』。

⑩尔：均指虎。嘉词：美言美语。无苦：指虎被献给皇帝后，作为宫囿的玩物不会受苦。随犀象舞：指虎经过训练，能够像犀牛、大

象一样舞蹈。

⑪禁：宫禁。攫搏：捕猎。开：开心。天颜：皇帝的容颜。

⑫非熊之兆：用典，指皇帝得到英才咸宁郡王。周文王有一次外出打猎，事先占卜。卜辞说：『将大获，非熊非罴，天遗汝师以佐昌。』果然，周文王在渭水北岸遇见了吕尚，后来吕尚辅佐他平定了天下。纪：记载，指作诗。百蛮：古时对少数民族带有侮辱性的泛称。

塞下曲

其一

林暗草惊风，将军夜引弓①。平明寻白羽，没在石棱中②。

其二

月黑雁飞高，单于夜遁逃③。欲将轻骑逐，大雪满弓刀④。

【注释】

①惊风：突然被风吹动。引弓：拉弓射箭。

②平明：天刚亮。白羽：箭名，箭杆上插有白色羽毛。没：射进，陷入。石棱：石缝。

③月黑：没有月光。单于：匈奴首领，泛称入侵的少数民族统帅。

④将：率领。轻骑：轻装迅捷的骑兵。满：沾满。

司空曙

【作者简介】

司空曙，生卒年不详，字文明（一作『文初』），广平（今河北永年）人。『大历十才子』之一。系卢纶表兄，约唐代宗大历年间前后在世。家境贫困，性情耿介，不愿干谒权贵。大历年间进士。曾历主簿、左拾遗、长林丞，德宗时官水部郎中。

峡口送友人①

峡口花飞欲尽春，天涯去住泪沾巾②。来时万里同为客，今日翻成送故人③。

【注释】

①峡口：指西陵峡口，为长江出蜀的险隘。

②欲尽春：春欲尽。去：离开，指走的人。住：停住，指留的人，作者自指。

③翻成：变成。

江村即事

钓罢归来不系船，江村月落正堪眠①。纵然一夜风吹去，只在芦花浅水边②。

【注释】

①系船：将船缆系在岸上。正堪眠：正好可以睡觉。

② 芦花：芦苇的花。浅水：浅滩。

畅当

【作者简介】

畅当，生卒年不详，河东（今山西太原附近）人。出身官宦世家，以儒学出名。少时曾应募从戎，经历过一段相当长的戎马生活。后弃武习文，大历七年（772）进士及第。唐德宗贞元初，为太常博士。官终果州刺史。和李端、司空曙交谊最深。

登鹳雀楼

迥临飞鸟上①，高出世尘间。天势围平野，河流入断山②。

【注释】

① 迥临：远道而来。飞鸟：指鹳雀。

② 天势：天空的状况。围：笼罩，覆盖。断山：山因黄河水流而断。

柳中庸

【作者简介】

柳中庸，生卒年不详（一说卒于775年），名淡，字中庸，以字行。虞乡（今山西永济）人。著名诗人萧颖士之婿，柳宗元之族叔伯。早年曾居江南。大历年间进士，曾任洪州户曹参军。与卢纶、李端、皎然为诗友。

征人怨①

岁岁金河复玉关，朝朝马策与刀环②。三春白雪归青冢，万里黄河绕黑山③。

【注释】

① 题目一作《征怨》。

② 金河：即伊克土尔根河，又名大黑河，在今内蒙古呼和浩特南。玉关：即玉门关。马策：马鞭。刀环：刀柄上的铜环。以二者喻战事。

③ 三春：春季三个月。青冢：即王昭君墓，在呼和浩特南（一说在山西朔城境内）。相传塞外草白，只有昭君墓的草是青色的。黑山：即杀虎山，在呼和浩特境内。

李益

【作者简介】

李益（约750—约830），字君虞，姑臧（今甘肃武威）人。大历四年（769）进士，授郑县尉。郁郁不得志，弃官游于燕、赵间。后被幽州节度使刘济辟为从事。又历西北边地，参佐戎幕。唐宪宗时，历都官郎中、中书舍人、河南尹、秘书少监，官终礼部尚书。唐传奇的名篇《霍小玉传》记载了李益负心薄幸、辜负妓女霍小玉的故事。

从军北征

天山雪后海风寒，横笛遍吹行路难①。碛里征人三十万，一时回首月中看②。

【注释】

① 天山：即祁连山。海：即青海湖。遍：一作『偏』。行路难：乐府曲调名，内容多为旅途的辛苦和离别的悲伤。

② 碛：沙漠。回首：一作『回向』。一时：同时。月中：一作『月明』。

春夜闻笛

寒山吹笛唤春归，迁客相看泪满衣①。洞庭一夜无穷雁，不待天明尽北飞②。

【注释】

① 寒山：地名，在今江苏徐州东南。迁客：指被贬、放逐到外地的人。看：一作『逢』。

② 洞庭：即洞庭湖。无穷：无尽。

江南曲①

嫁得瞿塘贾，朝朝误妾期②。早知潮有信，嫁与弄潮儿③。

【注释】

① 江南曲：乐府《相和歌》曲名，也称《江南可采莲》。

② 瞿塘贾：指入蜀经商的人。瞿塘：即瞿塘峡，长江三峡之一。朝朝：一天接一天。期：指约定的归期。

③ 潮有信：指潮信，即潮水的涨落有一定的时间。弄潮儿：与潮水周旋的人，或在潮中戏水的少年。

写情

水纹珍簟思悠悠，千里佳期一夕休①。从此无心爱良夜，任他明月下西楼②。

【注释】

① 水纹珍簟（diàn）：有水纹花样的珍贵竹席。悠悠：漫长，遥远。佳期：男女约会的好时光。一夕休：空等一夜不见人。

② 西楼：约会地点。古诗词中西楼通常和月亮有关，表示愁绪、哀思。

皎　然

【作者简介】

皎然（720—805，一说730—799），也称释皎然、僧皎然，俗姓谢，名昼，字清昼，长城（今浙江吴兴）人，谢灵运十世孙。早年曾入仕，出入儒、墨、道三家，理想破灭，于安史之乱中出家。唐代宗大历年间，曾与陆羽等一起组织湖州诗会，是大历、贞元时期东南地区一个有影响的诗僧。有诗论专著《诗式》五卷。善茶，著《茶决》。又受知于湖州刺史颜真卿，曾参与颜真卿所主持的《韵海镜源》修撰事。贞元、元和之交卒于家乡。

观王右丞维沧洲图歌①

沧洲误是真，萋萋忽盈视②。便有春渚情，褰裳掇芳芷③。飒然风至草不动，始悟丹青得如此④。丹青变化不可寻，翻空作有移人心。犹言雨色斜拂坐⑤，乍似水凉来入襟。沧洲说近三湘口⑥，谁知卷得在君手。披图拥褐临水时，翛然不异沧洲叟⑦。

【注释】

①王右丞维：即王维，官尚书右丞，世称“王右丞”。沧洲图：王维画作名。沧洲：临水的地方，古时常用以称隐士的居处。

②盈视：充满视野。

③渚：水中小洲。褰（qiān）裳：撩起衣裳。掇：拾取。芷：即白芷，水生香草。

④飒然：风吹时沙沙作响。丹青：绘画所用的颜料，指绘画艺术。

⑤雨色：雨的样子，指画中的雨景。斜拂：斜斜拂过。坐：指画中坐着的人。

⑥说：据说。三湘口：出入三湘（洞庭湖地带）的地方。

⑦披图：打开画卷观看。拥褐：穿着粗布衣服，指隐居。翛（xiāo）然：无拘无束、超脱的样子。沧洲叟：隐居在沧洲的上了年纪的男人。

李　端

【作者简介】

李端（737—784），字正己，赵州（今河北赵县）人。“大历十大才子”之一。少年时隐嵩山求仙访道，曾去庐山拜释皎然为师，后入长安，因诗名为驸马郭暧门下清客。大历五年（770）进士，授秘书省校书郎，因病辞官。唐德宗建中三年（782）秋，旅居岐山。后出任杭州司马，累赠兵部侍郎。

胡腾兒①

胡腾身是凉州儿，肌肤如玉鼻如锥②。桐布轻衫前后卷，葡萄长带一边垂③。帐前跪作本音语，拈襟摆袖为君舞④。安西旧牧收泪看，洛下词人抄曲与⑤。扬眉动目踏花毡，红汗交流珠帽偏⑥。醉却东倾又西倒，双靴柔弱满灯前⑦。环行急蹴皆应节，反手叉腰如却月⑧。丝桐忽奏一曲终，呜呜画角城头发⑨。胡腾兒，胡腾兒！家乡路断知不知⑩？

【注释】

①胡腾兒（ní）：指西北少数民族中的一位擅长歌舞的青年艺人。胡腾：即胡腾舞，又称“醉舞”，西域的一种男子独舞，深受中原贵族欣赏。

②凉州：治所在今甘肃武威。肌肤如玉：西北少数民族多系白种人，故云。锥：指鼻高而尖。

③桐布：即桐华布，以梧桐花织成的布。葡萄长带：织有葡萄花纹的锦带。

④帐：居住的帐幕。本音语：用本民族的语言说话。拈襟摆袖：一作“拾襟搅袖”。拈：用手整理。

⑤安西：指安西都护府，治所先后在交河城（今新疆吐鲁番西雅尔郭勒）与龟兹（今新疆库车）。牧：管理奴隶事务的官员，泛指地方官吏。洛下：即洛阳城。曲：指配合曲调的歌辞。

⑥红汗：女子的汗。女子面施胭脂，汗与之俱下，其色红，故曰红汗。交流：交错着流下。

⑦却：语气词。柔弱：舞步轻柔。满：全部。

⑧蹴(cù)：踏，踢。应节：符合音乐节拍。却月：半圆的月亮。

⑨丝桐：即琴。古人以桐木制琴，练丝为弦。画角：古管乐器，传自西羌，形如竹筒，以竹木或皮革等制成，表面有彩绘，故称画角。发：响起。

戴叔伦

【作者简介】

戴叔伦(732—789)，字幼公(一字次公)，金坛(今江苏金坛)人。出身隐士家庭，师萧颖士。曾历参湖南、江西幕府。后官新城令、东阳令，迁抚州刺史，终容管经略使。晚年上表自请为道士，返乡途中客死。

女耕田行①

乳燕入巢笋成竹，谁家二女耕新谷。无人无牛不及犁，持刀斫地翻作泥②。自言家贫母年老，长兄从军未娶嫂。去年灾疫牛囤空，截绢买刀都市中③。头巾掩面畏人识，以刀代牛谁与同！姊妹相携心正苦，不见路人惟见土。疏通畦垄防乱苗，整顿沟塍待时雨④。日正南冈午饷归，可怜朝雉扰惊飞⑤。东邻西舍花发尽，共惜余芳泪满衣⑥！

【注释】

①行：古诗的一种体裁。

②不及犁：不能犁。斫：砍，此处指挖掘、击碎地里的土。泥：阻滞。

③牛囤：牛栏，关牛的地方。截绢：割下一段绢。据《新唐书·食货志》载，唐代市井交易，绢可以作为货币来流通，『与钱兼用』。

④畦(qí)：一块一块的田。垄：田埂，一作『垅』。塍(chéng)：田埂。

⑤午饷归：回家吃午饭。午：一作『下』。可怜：可爱。朝(zhāo)雉：正在求偶的野鸡。

⑥花发尽：姑娘们都已出嫁。惜：痛惜。余芳：指『二女』。

张碧

【作者简介】

张碧，生卒年不详，字太碧，籍贯、生平事迹均不可考。唐德宗贞元年间，曾屡举进士不第。

野田行

风昏昼色飞斜雨，冤骨千堆髑髅语①：『八纮牢落人物稀，是个田园荒废主？②』悲嗟自古争天下，几度乾坤复如此！秦皇矻矻筑长城，汉祖区区白蛇死③。野田之骨兮又成尘，楼阁风烟兮还复新。愿得华山之下长归马④，野田无复埋冤者。

【注释】

①髑(dú)髅：死人的头盖骨。

②八紘(hóng)：八方极远之地，指天下。牢落：零落，荒芜。稀：一作『悲』。是个：一作『尽是』。

③秦皇：即秦始皇。矻(kū)矻：辛勤劳作，勤劳不懈。汉祖：即汉高祖。区区：微不足道，指汉高祖出身微贱。

④华山之下长归马：用典，指和平统一，永不用兵。《尚书·周书·武成》载周武王平定殷商之后，『王来自商，至于丰，乃偃武修文，归马于华山之阳，放牛于桃林之野，示天下弗用。』

秋日登岳阳楼晴望①

三秋倚练飞金盏，洞庭波定平如刬②。天高云卷绿罗低，一点君山碍人眼③。漫漫万顷铺琉璃④，烟波阔远无鸟飞。西南东北竞无际，直疑侵到青天涯⑤。屈原回日牵愁吟，龙宫寂寞致应沉⑥。贾生憔悴说不得，茫茫烟霭堆湖心⑦。

【注释】

①岳阳楼：位于今湖南岳阳古城西门城墙之上，下临洞庭湖。晴望：在晴天里远望。

②三秋：指九月，或秋天。练：湘江，一说窗帘。飞：形容举杯速度之快。盏：酒杯。刬(chǎn)：一概，一律。

③绿罗：绿色的丝织品，此处指天空中的云。君山：系洞庭湖中一座小岛，与岳阳楼遥遥相对。

④漫漫：广阔辽远。

⑤青天涯：蔚蓝色天空的边际。

⑥屈原：战国时期楚国诗人。回日：归来之日。牵愁吟：牵于愁思而吟诗。寂寞：一作『感激』。致：导致。应：应和，顺应。沉：指屈原沉汨罗江自杀。

⑦贾生：即贾谊，西汉初年著名政论家、文学家。汉文帝时，贾谊被谪为长沙王太傅，过湘水，憔悴自伤，作文以吊屈原。

袁高

【作者简介】

袁高(727—786)，字公颐，沧州(今河北沧州)人。年少慷慨，登进士第。唐德宗时，历任给事中、御史中丞、京畿观察使，因论事失旨贬湖州刺史等官，后复入朝为给事中。直言敢谏，以气节著称。

茶山诗

《禹贡》通远俗，所图在安人①。后王失其本，职吏不敢陈②。亦有奸佞者，因兹欲求伸③。动生千金费，日使万姓贫。我来顾渚源④，得与茶事亲。黎甿辍农桑，采掇实苦辛⑤。一夫旦当役，尽室皆同臻⑥。扪葛上欹壁，蓬头入荒榛⑦。终朝不盈掬，手足皆鳞皴⑧。悲嗟遍空山，草木为不春⑨。阴岭芽未吐，使者牒已频⑩。心争造化功，走挺麋鹿均⑪。选纳无昼夜，捣声昏继晨⑫。众工何枯槁，俯视弥伤神⑬。皇帝尚巡狩，东郊路多堙⑭。周回绕天涯⑮，所献愈艰勤。况值兵革困，重兹固疲民⑯。未知供御余，谁合分此珍⑰？顾省忝邦守，又惭复因循⑱。茫茫沧海间，丹愤何由伸⑲！

【注释】

①《禹贡》：《尚书·夏书》中篇名，内容为叙列九州山川形势、土壤、物产及赋贡。通远俗：掌握远方情况。所：一作『始』。安人：安民。

②后王：后代帝王。职吏：专职的地方官吏。

③因：凭。兹：此。求伸：求取进身之阶。

④顾渚：即顾渚山，在今浙江湖州长兴西北。源：水流所从出的地方。

⑤黎甿：黎民，农夫。辍：耽搁。黎甿辍农桑：一作『氓辍耕农耒』。采掇：一作『采采』。

⑥ 旦：一旦，一朝。当役：轮到服役，指采茶。臻：往。

⑦ 扪：攀附。葛：藤本植物，茎皮纤维可拧成绳索，也可纺布。攲壁：陡斜的石壁。荒榛：荒林。榛：丛杂的草木。

⑧ 掬：用双手捧。鳞皴(cūn)：皮肤裂得像一块一块的鱼鳞一样，一作『皴鳞』。

⑨ 为不春：不是春天。

⑩ 阴岭：北面的山岭。牒：文书，指催收茶叶的公文。

⑪ 造化：自然。挺：挺进，冒险前进。均：等同。

⑫ 选：拣茶制茶。纳：交给官府。捣：即捣茶，古时制茶的一种方法。

⑬ 众工：指采茶、制茶的人。槁：一作『栌』。弥：更加。

⑭ 巡狩：古时皇帝出行。堙：阻塞。当时，黄河南北都被藩镇割据，由东到西的路途不通。

⑮ 周回：反复，兜圈子。

⑯ 重：增加。兹：指贡茶。

⑰ 御：皇帝御用。合：当。此珍：指剩余的贡茶。

⑱ 顾省：回想自己。忝：谦词，有愧于。邦守：即郡守，州刺史。因循：循贡茶旧例。

⑲ 茫茫：空旷，深远。沧海：大海，指天下。丹愤：义愤。丹：丹心。

李约

【作者简介】

李约，生卒年不详，字存博（一作『在博』），自号『萧斋』，成纪（今甘肃天水）人，一说宋城（今河南商丘睢阳）人。唐朝宗室之后。唐宪宗元和时，官兵部员外郎。有画癖，精楷隶，善画梅。后弃官终隐。

从军行（其一）

候火起雕城①，尘沙拥战声。游军藏汉帜，降骑说蕃情②。霜落滹沱浅，秋深太白明③。嫖姚方虎视，不觉请添兵④。

【注释】

① 候火：即烽火。雕城：在今陕西绥德，又称上郡，为西北军事要地。一说有碉堡的城镇，泛指边塞。

② 游军：流动作战的军队。汉帜：汉朝的旗帜，借指唐军的旗帜。

③ 滹(hū)沱：即滹沱河，又称库池河，源出山西繁峙，流入河北。滹沱：一作『滮池』。太白明：预兆战争胜利。太白：即金星，古人认为其主杀伐，因此常用以指战争。

④ 嫖姚：即嫖姚校尉。西汉名将霍去病征匈奴有功，为嫖姚校尉，世称霍嫖姚。后用嫖姚指军中统帅。不觉：没有感到。觉：一作『学』。请：一作『说』。

观祈雨①

桑条无叶土生烟，箫管迎龙水庙前②。朱门几处看歌舞③，犹恐春阴咽管弦④。

【注释】

① 祈雨：祈求龙王降雨。古代干旱时，从官到民，都筑台或到龙王庙祈雨。

② 桑条：桑树枝。箫管：排箫、大管，此处指吹奏各种乐器。水庙：即龙王庙。

③ 朱门：古代王侯贵族的住宅大门漆成红色，后用『朱门』代称富贵之家。几处：多少处，指处处。看：一作『耽』。

④ 阴：阴雨。咽(yè)：阻塞、凝滞，使乐器不能发出声响。管弦：泛指乐器。

孟郊

【作者简介】

孟郊(751—814)，字东野，武康(今浙江德清)人。唐德宗贞元十二年(796)进士，任溧阳尉。仕途不顺，遂放迹林泉间。唐宪宗元和初，郑馀庆为河南尹，荐为水陆转运判官。后郑出镇兴元，召为参军，患暴疾死于途中。因其诗作多写世态炎凉、民间苦难，故有『诗囚』之称，与贾岛并称『郊寒岛瘦』。

古别离①

欲别牵郎衣，郎今到何处？不恨归来迟，莫向临邛去②！

【注释】

①古别离：新乐府歌曲名。

②临邛：即今四川邛崃。

游子吟

慈母手中线，游子身上衣。临行密密缝，意恐迟迟归。谁言寸草心，报得三春晖①。

【注释】

①寸草心：草中抽出的嫩芽向着太阳生长，比喻子女的心向着慈母。三春晖：春天的阳光，比喻母爱如春日和煦的阳光。

织妇词①

夫是田中郎②，妾是田中女。当年嫁得君，为君秉机杼③。筋力日已疲，不息窗下机。如何织纨素，自着蓝缕衣④！官家牓村路，更索栽桑树⑤。

【注释】

①词：一作『辞』。

②田中郎：种地的男子。

③秉：操持，掌握。机杼：织布机。

④纨素：精致洁白的绢。蓝缕衣：破衣裳。蓝缕：一作『褴缕』『蓝蒌』。

⑤官家：官府。牓(bǎng)：同『榜』，作动词用，指张挂告示。索：要求。栽桑树：指栽种桑树、养蚕取丝。

长安早春

旭日朱楼光，东风不起尘①。公子醉未起，美人争探春②。探春不为桑，探春不为麦；日日出西园，只望花柳色。乃知田家春，不入五侯宅③。

【注释】

①朱楼：富丽华美的楼阁。起尘：扬尘。起：一作『惊』。

②探春：寻赏春光。

③田家春：和种田有关的春色。五侯：东汉桓帝时，宦官单超、徐璜、具瑗、左悺、唐衡同时封侯，世称五侯；西汉成帝封诸舅王谭、

王商、王立、王根、王逢时为侯，称五侯。此处泛指豪门富贵人家。

寒夜百姓吟①

无火炙地眠，半夜皆立号②。冷箭何处来？棘针风骚骚③！霜吹破四壁④，苦痛不可逃。高堂槌钟饮，到晓闻烹炮⑤。寒者愿为蛾，烧死彼华膏⑥。华膏隔仙罗，虚绕千万遭⑦。到头落地死，踏地为游遨⑧。游遨者谁子？君子为郁陶⑨！

【注释】

①寒夜：一作『寒地』。

②炙地：烧地。立号：站着挨冻，不停地呼号。

③冷箭：指寒风。棘针：棘刺，亦指寒风。骚骚：风劲貌，一作『骚劳』。

④霜吹：即霜风。破：透过。

⑤高堂：高大的堂屋，指富贵人家。槌钟饮：富贵人家宴饮时，鸣钟奏乐。烹炮：烹煮、炮制，指烹烧食物的香气。

⑥华膏：华美的灯烛。膏：灯烛的油脂。

⑦仙罗：轻薄透明的罗幔。虚绕：徒劳地绕行。

⑧游遨：指吃喝游乐的富贵者。

⑨谁子：何人。君子：指正直的人。为：为此。郁陶（yáo）：悲愤郁积而又无可奈何。

游终南山①

南山塞天地②，日月石上生。高峰夜留景③，深谷昼未明。山中人自正，路险心亦平。长风驱松柏，声拂万壑

全唐诗精选

清④。到此悔读书，朝朝近浮名⑤。

【注释】

①终南山：位于秦岭山脉中段，在今陕西西安南部。

②南山：即终南山。塞：充塞，充满。

③景：同『影』，指夕阳余晖，一作『日』。

④清：清幽。

⑤到：一作『即』。近：追求。浮名：虚名浮利。

韩愈

【作者简介】

韩愈（768—824），字退之，河阳（今河南孟州）人。韩氏郡望为昌黎，每自称『昌黎韩愈』，后世称『韩昌黎』。唐德宗贞元八年（792）进士。曾先后任宣武、宁武节度使判官。贞元末，官监察御史。因上书言事，贬阳山令。唐宪宗时，累官至太子右庶子，随宰相裴度平淮西之乱，迁刑部侍郎。因谏佛骨事，贬潮州刺史，移袁州。唐穆宗时，召为国子监祭酒，历京兆尹及兵部、吏部侍郎，至吏部侍郎。谥号文，世称『韩文公』。唐代古文运动倡导者，被后人尊为『唐宋八大家』之首，与柳宗元并称『韩柳』，有『文章巨公』『百代文宗』之名，后人将其与柳宗元、欧阳修、苏轼合称『千古文章四大家』。

龊龊①

龊龊当世士②，所忧在饥寒。但见贱者悲，不闻贵者叹。大贤事业异，远抱非俗观③。报国心皎洁，念时涕汍澜④。妖姬坐左右，柔指发哀弹⑤。酒肴虽日陈，感激宁为欢⑥？秋阴欺白日，泥潦不少干⑦。河堤决东郡，老弱随惊湍⑧。天意固有属，谁能诘其端⑨！愿辱太守荐，得充谏诤官⑩。排云叫阊阖，披腹呈琅玕⑪。致君岂无术⑫？自进诚独难！

【注释】

① 龊龊：拘谨而无远志的样子。古诗常用首句开头二字为题。

② 世士：文士。

③ 异：非同凡响。远抱：远大的抱负。俗观：庸俗的观念。

④ 汍(wán)澜：哭泣的样子。

⑤ 妖姬：美艳的女子。发：弹奏。哀弹：悲凄的曲调。

⑥ 感激：感慨而激动。

⑦ 秋阴：秋天的阴云。欺：遮蔽。泥潦(lǎo)：泥泞。潦：路上的积水。少：略微，稍微，同「稍」。

⑧ 东郡：即滑州，治所在今河南滑县。随惊湍：被急流冲走。

⑨ 诘：推断。端：头绪，缘由。

⑩ 辱：谦词，得到。太守：指张建封，时以徐州刺史兼任宁武节度使。谏诤官：以指陈朝政得失为专责的官员，如御史、拾遗等。

⑪ 排云：排开云层，形容高。阊阖：宫门的正门，指皇宫。披腹：披露真诚。琅玕：美玉、仙树，比喻忠言良策。

⑫ 致君：辅佐皇帝。自进：自谋仕进。

山石

山石荦确行径微①，黄昏到寺蝙蝠飞。升堂坐阶新雨足，芭蕉叶大栀子肥②。僧言古壁佛画好，以火来照所见稀③。铺床拂席置羹饭，疏粝亦足饱我饥④。夜深静卧百虫绝，清月出岭光入扉⑤。天明独去无道路，出入高下穷烟霏⑥。山红涧碧纷烂漫，时见松枥皆十围⑦。当流赤足蹋涧石，水声激激风生衣⑧。人生如此自可乐，岂必局束为人鞿⑨？嗟哉吾党二三子，安得至老不更归⑩！

【注释】

① 荦(luò)确：险峻不平的样子。微：狭窄。

② 升堂：进入寺中的客堂。阶：客堂前的台阶。新雨：刚下过的雨。栀子：茜草科常绿灌木，夏日开花。栀，一作「支」。

③ 佛画：佛图和佛像。火：灯。稀：稀少，少见。一说模糊不清。

④ 羹饭：泛指菜饭。疏粝(lì)：粗糙的饭食。粝：糙米。

⑤ 百虫绝：虫叫声都没了。清月：清朗的月光。

⑥ 无道路：分辨不清道路。出入高下：走时高时低的山路。烟霏：云气弥漫。

⑦ 山红涧碧：即山花红艳、涧水清碧。纷：繁盛。枥：同「栎」，落叶乔木。围：两臂合拢的长度。

⑧ 当流：对着流水。激激：象声词，急流声。生衣：撩动衣裳。

⑨ 局束：局促，拘束。鞿(jī)：马缰绳，比喻受牵制、不自由。

⑩ 吾党：和我志同道合的朋友。二三子：数人。不更归：即更不归，以示厌弃官场。

谒衡岳庙遂宿岳寺题门楼①

五岳祭秩皆三公，四方环镇嵩当中②。火维地荒足妖怪，天假神柄专其雄③。喷云泄雾藏半腹，虽有绝顶谁能穷④？我来正逢秋雨节，阴气晦昧无清风⑤。潜心默祷若有应，岂非正直能感通⑥。须臾静扫众峰出，仰见突兀撑青空⑦。紫盖连延接天柱，石廪腾掷堆祝融⑧。森然魄动下马拜，松柏一径趋灵宫⑨。粉墙丹柱动光彩，鬼物图画填青红⑩。升阶伛偻荐脯酒，欲以菲薄明其衷⑪。庙令老人识神意，睢盱侦伺能鞠躬⑫。手持杯珓导我掷，云此最吉余难同⑬。窜逐蛮荒幸不死，衣食才足甘长终⑭。侯王将相望久绝，神纵欲福难为功⑮。夜投佛寺上高阁，星月掩映云曈昽⑯。猿鸣钟动不知曙，杲杲寒日生于东⑰。

【注释】

①衡岳：即南岳衡山，在今湖南中部。岳寺：衡山中的寺庙。

②祭秩：祭祀仪礼的等级次序。三公：一说司马、司徒、司空，一说太师、太傅、太保，泛指朝廷最高官位。皆：一作『比』。嵩：即嵩山。

③火维：指衡山。古代五行学说以木、火、水、金、土分属五方，南方属火，故称火维。维：隅，角落。假：授予。柄：权力。专其雄：称雄。衡山之神为赤帝祝融氏。

④半腹：山腰。绝顶：最高峰。穷：穷尽，指登上最高峰。

⑤秋雨节：秋雨季节。晦昧：阴暗，昏暗。清：一作『晴』。

⑥默祷：默默祷祝，祈求晴明的天色。应：应验。感通：自己的感应能够通达神明，得以实现。

⑦静扫：指清风将云气一扫而空。青：一作『晴』。

⑧紫盖、天柱、石廪、祝融：即紫盖峰、天柱峰、石廪峰、祝融峰，属衡山五大高峰（另一高峰为芙蓉峰）。腾掷：向上飞起。

⑨森然：敬畏的样子。魄动：心惊。松柏一径：路的两旁都是松柏。柏：一作『桂』。趋：朝向。灵宫：寺庙。

全唐诗精选

⑩粉墙：白色的墙。丹柱：红色的柱子。动：闪动，闪耀。

⑪升阶：爬台阶。伛偻：弯着腰。荐：进。脯：干肉。菲薄：不丰盛的祭品。

⑫庙令：官名，掌管神庙的人。唐时五岳各设庙令一人，掌祭祀及祠庙事务。睢（suī）盱（xū）：睁眼仰视。侦伺：窥探。

⑬杯珓（jiào）：又称『杯教』或『杯校』，古时一种占卜工具。一作『杯角』。余难同：其他的卦象都不能与之相比。

⑭窜逐蛮荒：流放到南方蛮荒地区。甘长终：甘愿如此度过余生。

⑮望：期望，期待。纵：即使。难为功：很难成功。

⑯高阁：即门楼。曈昽：日初出由暗渐明的样子，一作『曈咙』。

⑰杲（gǎo）杲：明亮的样子。

调张籍①

李杜文章在②，光焰万丈长。不知群儿愚，那用故谤伤③？蚍蜉撼大树④，可笑不自量。伊我生其后⑤，举头遥相望。夜梦多见之，昼思反微茫。徒观斧凿痕，不瞩治水航⑥。想当施手时，巨刃摩天扬。垠崖划崩豁，乾坤摆雷硠⑦。惟此两夫子，家居率荒凉⑧。帝欲长吟哦，故遣起且僵⑨。剪翎送笼中，使看百鸟翔。平生千万篇，金薤垂琳琅⑩。仙官敕六丁，雷电下取将⑪。流落人间者，太山一毫芒⑫。我愿生两翅，捕逐出八荒⑬。精诚忽交通，百怪入我肠⑭。刺手拔鲸牙，举瓢酌天浆⑮。腾身跨汗漫，不着织女襄⑯。顾语地上友，经营无太忙⑰！乞君云霞佩，与我高颉颃⑱。

【注释】

①调：调侃，戏谑。张籍（约768—约830），字文昌，唐代诗人。

②李杜：李白、杜甫。文章：此处指诗作。光焰：一作『光芒』。

③群儿：指当时在白居易、元稹所持「扬杜抑李」之说影响下，随声附和的人。那：同「哪」。故：故意。

④蚍(pí)蜉(fú)：即白蚁，体形较大。

⑤伊：语首发声词。

⑥斧凿痕：用典，指大禹治水、疏凿山川的痕迹，比喻李杜诗作的外在表现。瞩：看到。航：指大禹治水时所乘之舟，比喻李杜诗作的内在秘奥。

⑦垠崖：悬崖。垠：一作「根」。划：劈开。崩豁：崩裂。雷硠：巨大的山崩声。

⑧两夫子：指李白杜甫。率：都。

⑨帝：天帝。长吟哦：长久地吟诵，指让李杜二人作诗有所成就。起且僵：崛起继而困顿，指李白曾待诏翰林，杜甫曾任左拾遗，后均遭谗去职。

⑩金薤：古时一种像薤叶的字体，薤叶金质。琳琅：宝玉。金薤、琳琅皆比喻李杜诗作不朽。

⑪仙官：有尊位的神仙。六丁：六位丁神。雷电：雷公、电母。

⑫太山，即泰山。毫芒：即毫芒，毫毛的细尖，比喻极其罕见。

⑬八荒：古人以为九州在四海之内，而四海又在八荒之内。

⑭交通：融会贯通。百怪入我肠：比喻心中涌现出许多奇异的诗境。

⑮刺手：转手。天浆：天上的仙酒。

⑯跨：跨过，超越。汗漫：仙人名，喻漫无边际。《淮南子·道应训》中有言：「卢敖游于北海，遇异人，欲与交友，其人笑曰：『嘻！子中州之民，宁肯而远至于此。……吾与汗漫期于九垓之外，吾不可以久驻，举臂而竦身，遂入云中。』」织女襄：指织女所织的布匹。《诗经·小雅·大东》中有言：「跂彼织女，终日七襄（往返七次）。虽则七襄，不成报章。」

⑰地上友：即张籍。经营：写作。

⑱乞：给予。云霞佩：云霞作为佩饰。颉(xié)颃(háng)：上下飞翔。

全唐诗精选

听颖师弹琴①

昵昵儿女语，恩怨相尔汝②。划然变轩昂③，勇士赴敌场。浮云柳絮无根蒂，天地阔远随飞扬。喧啾百鸟群④，忽见孤凤凰。跻攀分寸不可上，失势一落千丈强⑤。嗟余有两耳，未省听丝篁⑥。自闻颖师弹，起坐在一旁⑦。推手遽止之，湿衣泪滂滂⑧。颖乎尔诚能，无以冰炭置我肠⑨。

【注释】

①颖师：一位名叫颖、擅长弹琴的和尚。李贺诗作《听颖师弹琴歌》中有言：「竺僧前立当吾门，梵宫真相眉棱尊。」

②昵昵：亲密，一作「妮妮」「呢呢」。相尔汝：以你我相称，指卿卿我我。

③划然：突然。轩昂：高昂，与「昵昵」相对应。

④喧啾：喧闹嘈杂。

⑤跻攀：攀登，指调子越弹越高。分寸不可上：差分寸就不能上去，形容高到不能再高。千丈强：多于千丈，形容降低的速度快、幅度大。

⑥省：懂得。丝篁：弦管乐器，此处指音乐。

⑦起坐：时起时坐，形容听到音乐后激动不已。旁：一作「床」。

⑧推手：身后。遽(jù)：连忙，急忙。滂滂：泪如滂沱。

⑨乎：语气词。能：擅长。无以：不要再。冰炭置我肠：形容心情一会儿喜悦，一会儿沮丧。

华山女①

街东街西讲佛经，撞钟吹螺闹宫庭②。广张福罪资诱胁，听众狎恰排浮萍③。黄衣道士亦讲说，座下寥落如明

星④。华山女儿家奉道，欲驱异教归仙灵⑤。洗妆拭面着冠帔，白咽红颊长眉青⑥。遂来升座演真诀，观门不许人开扃⑦。不知谁人暗相报，訇然振动如雷霆⑧。扫除众寺人迹绝，骅骝塞路连辎軿⑨。观中人满坐观外，后至无地无由听⑩。抽钗脱钏解环珮，堆金叠玉光青荧。天门贵人传诏召，六宫愿识师颜形⑪。玉皇颔首许归去，乘龙驾鹤来青冥⑫。豪家少年岂知道，来绕百匝脚不停⑬。云窗雾阁事慌惚，重重翠幔深金屏⑭。仙梯难攀俗缘重，浪凭青鸟通丁宁⑮。

【注释】

① 华山：位于今陕西渭南华阴。女：指女道士。

② 螺：即法螺，佛教的一种法器，以螺壳制成，能吹出呜呜的声音。闹：吵闹。

③ 广张：大肆宣扬。福罪：积福赎罪，因果报应。资：以资，作为。狎恰：密集，拥挤。排浮萍：像浮萍一样排得密密麻麻。

④ 明星：即启明星，其在天亮前后出现，特别光亮，其他的星光多已隐没。形容听众少。

⑤ 女儿：女子。家奉道：世代信奉道教。异教：指佛教。归仙灵：指改奉道教。

⑥ 洗妆：洗去世俗妆扮。冠帔：泛指道士服装。帔：披肩。咽：颈项。

⑦ 真诀：道经中玄妙之理。扃(jiōng)：门上关门用的闩、钩等，此处指门。

⑧ 訇(hōng)然：象声词，形容声音大。

⑨ 骅骝：赤红色的骏马，泛指骏马。辎軿(píng)：指有帷幔的车子。

⑩ 无由听：没有办法或机会听到。

⑪ 天门：指皇宫。贵人：即中贵人，指宦官。六宫：皇后、嫔妃住处的总称，指皇后、嫔妃。师：称华山女。颜形：长相。

⑫ 玉皇：即玉帝，指皇帝。颔首：点头，表示允许。青冥：青天。

⑬ 百匝：指很多圈。

⑭ 云窗雾阁：形容华山女道士的住处飘渺不可及。慌惚：同『恍惚』。翠幔：翠绿色的帷幔。金屏：金色的屏风。

⑮ 浪：白费，枉然。青鸟：神话中替西王母通音信的鸟。丁宁：同『叮咛』，一再致意。

左迁至蓝关示侄孙湘①

一封朝奏九重天，夕贬潮州路八千②。欲为圣明除弊事，肯将衰朽惜残年③！云横秦岭家何在？雪拥蓝关马不前。知汝远来应有意，好收吾骨瘴江边④。

【注释】

① 左迁：被贬官。蓝关：即蓝田关，位于今陕西蓝田东南。侄孙：兄弟的孙子。湘：即韩湘，字北渚，韩愈之侄韩老成的长子。

② 朝(zhāo)奏：早晨送呈奏章。九重天：古时称天有九层，第九层最高，指朝廷、皇帝。潮州：即潮阳郡，治所在今广东潮州。州：一作『阳』。

③ 欲：一作『本』。明：一作『朝』。事：一作『政』。肯：岂肯。

④ 应：一作『须』。瘴江：瘴气弥漫的江河，指潮州。

柳州罗池庙诗①

荔子丹兮蕉黄，杂肴蔬兮进侯堂②。侯之船兮两旗，度中流兮风泊之③，待侯不来兮不知我悲。侯乘驹兮入庙，慰我民兮不嚬以笑④。鹅之山兮柳之水，桂树团团兮白石齿齿⑤。侯朝出游兮暮来归，春与猿吟兮秋鹤与飞。北方之人兮为侯是非，千秋万岁兮侯无我违⑥。福我兮寿我，驱厉鬼兮山之左⑦。下无苦湿兮高无干，秔稌充羡兮蛇蛟结蟠⑧。我民报事兮无怠其始，自今兮钦于世世⑨。

【注释】

① 此诗为韩愈所作《柳州罗池庙碑》的一部分。罗池庙：即柳侯祠，在今广西柳州。

② 荔子：荔枝。蕉：香蕉。杂肴蔬：各种菜肴。侯堂：即柳侯祠。侯：即柳侯，指柳宗元，死后被追封为文惠昭灵侯。

③ 度中流：在水流中央航行。度：同『渡』。

④ 驹：马。不嚬(pín)以笑：不露愁容而以笑脸相迎。以：而。嚬：皱眉。

⑤ 鹅之山：即鹅山，又名峨山，位于广西柳州西。柳之水：即柳江，从鹅山东北流过，穿柳州城区，属珠江水系。团团：茂密的样子。齿齿：齿状。

⑥ 北方：指长安。无我违：不要离开我们。违：离别。

⑦ 山之左：山的东面。

⑧ 秔(jīng)稌(tú)：粳稻与糯稻。充羡：充足有余。结蟠：聚集盘伏，指不为祸患。

⑨ 报事：指祭祀。无怠其始：从开始就不懈怠。钦：恭敬，敬佩。世世：世世代代。

柳宗元

【作者简介】

柳宗元(773—819)，字子厚，河东(今山西永济)人。唐宋八大家之一，世称『柳河东』『河东先生』，因官终柳州刺史，又称『柳柳州』，与韩愈并称为『韩柳』，与刘禹锡并称『刘柳』，与王维、孟浩然、韦应物并称『王孟韦柳』。祖上世代为官，唐德宗贞元九年(793)进士，任秘书省校书郎。又中博学宏词科，授集贤殿正字，后调蓝田尉，拜监察御史。他和刘禹锡等人参加了王叔文集团革新政治的活动(永贞革新)。唐顺宗时，官礼部员外郎。唐宪宗即位后，打击王叔文集团，其被贬为永州司马，调柳州刺史，死于柳州。宋高宗绍兴二十八年(1158)，追封其为文惠昭灵侯。

江雪

千山鸟飞绝，万径人踪灭。孤舟蓑笠翁①，独钓寒江雪。

【注释】

① 蓑(suō)笠翁：穿蓑衣、戴笠帽的渔翁。古人用蓑衣、笠帽防雨雪。

渔翁

渔翁夜傍西岩宿，晓汲清湘燃楚竹①。烟销日出不见人，欸乃一声山水绿②。回看天际下中流，岩上无心云相逐③。

【注释】

① 西岩：即西山，位于湘江沿岸，在今湖南永州零陵。汲：取水。清湘：澄清的湘水。楚：古时西山属楚地。

② 销：同『消』，消散。欸(ǎi)乃：象声词，一说指桨声，一说是渔家号子声。一作『袄霭』，义同。

③ 下中流：由中流而下。岩：即西岩。

南涧中题①

秋气集南涧，独游亭午时②。回风一萧瑟，林影久参差③。始至若有得，稍深遂忘疲。羁禽响幽谷，寒藻舞沦漪④。去国魂已游⑤，怀人泪空垂。孤生易为感，失路少所宜⑥。寂寞竟何事？徘徊只自知。谁为后来者，当与此心期⑦！

【注释】
① 南涧：城南的山涧，位于永州南。
② 亭午：正午。
③ 萧瑟：风吹树叶的声音。
④ 羁：束缚。寒藻：水藻。舞：飘动如舞。沦漪：沦猗，水生微波。
⑤ 去国：离开国都。魂已游：魂魄已经游走，指精神恍惚。游：一作「远」。
⑥ 孤生：孤独的生涯。易为感：容易为外物所触动而生感慨。失路：迷失道路，指政治上失意。少所宜：少有适合归宿之处。
⑦ 此心：我的心情。期：理解，契合。

与浩初上人同看山寄京华亲故①

海畔尖山似剑铓，秋来处处割愁肠②。若为化得身千亿，散向峰头望故乡③。

【注释】
① 浩初上人：龙安海禅师的弟子，潭州（今湖南长沙）人，诗人的朋友。上人：对和尚的尊称。京华：京城。亲故：亲戚朋友。
② 海：即江，指湘江。一说大海，柳州距海较近。剑铓（máng）：剑锋。
③ 若为：怎能。化得身千亿：佛教认为释迦牟尼能化身千万亿。散向：飘向，一作「散上」，一作「散作」。故乡：指京师长安。

柳州二月榕叶落尽偶题

宦情羁思共凄凄，春半如秋意转迷①。山城过雨百花尽②，榕叶满庭莺乱啼。

【注释】
① 宦情：做官的感受。羁思：寄居异乡的思绪。凄凄：悲伤凄凉。意：想法，心情。迷：惘然若失。
② 山城：指柳州。尽：凋零。

别舍弟宗一①

零落残魂倍黯然，双垂别泪越江边②。一身去国六千里，万死投荒十二年③。桂岭瘴来云似墨，洞庭春尽水如天④。欲知此后相思梦，长在荆门郢树烟⑤。

【注释】
① 舍弟：对弟弟的谦称。宗一：生平事迹不详。
② 零落：漂泊他乡。残魂：指受摧残打击，精神无所着落。越江：指珠江（粤江，西江、东江、北江及珠江三角洲河流的总称）或柳江（珠江水系西江支流）。
③ 去国：离开京师。投荒：到达荒远之地。十二年：柳宗元于唐顺宗永贞元年（805）被贬为永州司马，到作此诗时，正好十二年。
④ 桂岭：在今广西贺州八步区境内，泛指柳州一带的山。瘴：瘴气，因湿热而形成的毒气。
⑤ 荆门：即荆门山，在今湖北宜都西北。郢：楚国都城，一般认为在今湖北荆州。荆门郢树：指湖北。烟：渺茫。

全唐诗精选

卢仝

【作者简介】

卢仝(tóng)(约795—835)，自号玉川子，范阳(今河北涿州)人，初唐四杰之一卢照邻嫡系子孙。家境贫困，早年隐居少室山，终日苦吟，不愿仕进。好茶成癖，被尊为『茶仙』。其诗风浪漫且奇诡，被称为『卢仝体』，朝廷两度征为谏议大夫，均不就。韩愈为河南令，和他往来，交谊甚厚。长安发生甘露之变(835)时，其留宿在宰相王涯家，受到牵连，被捕遇害。

走笔谢孟谏议寄新茶①

日高丈五睡正浓，军将打门惊周公②。口云谏议送书信，白绢斜封三道印。开缄宛见谏议面，手阅月团三百片③。闻道新年入山里，蛰虫惊动春风起④。天子须尝阳羡茶⑤，百草不敢先开花。仁风暗结珠琲瓃，先春抽出黄金芽⑥。摘鲜焙芳旋封裹，至精至好且不奢⑦。至尊之余合王公，何事便到山人家⑧？柴门反关无俗客，纱帽笼头自煎吃⑨。碧云引风吹不断，白花浮光凝碗面⑩。一碗喉吻润⑪；两碗破孤闷；三碗搜枯肠，唯有文字五千卷；四碗发轻汗，平生不平事，尽向毛孔散；五碗肌肤清；六碗通仙灵；七碗吃不得也，唯觉两腋习习清风生。蓬莱山，在何处？玉川子⑫，乘此清风欲归去。山上群仙司下土，地位清高隔风雨⑬。安得知百万亿苍生命，堕在巅崖受辛苦⑭！便为谏议问苍生，到头还得苏息否⑮？

【注释】

①走笔：挥笔疾书。孟谏议：即孟简，生平不详。谏议：即谏议大夫，专掌议论。

②军将：地方军事长官。打门：敲门。周公：即姬旦，儒学先驱。《论语·述而》中有言：『子曰：甚矣吾衰也，久矣，吾不复梦见周公！』后人即用周公代称睡梦。

③缄：书信封口。宛：如。月团：指茶饼。

④蛰虫：蛰伏冬眠的虫子。

⑤阳羡：即今江苏宜兴，所产茶叶自古以来享有盛名。北宋沈括《梦溪笔谈》中有言：『古人论茶，唯言阳羡、顾渚、天柱、蒙顶之类。』

⑥仁风：春风，皇帝的仁德之风。珠琲瓃：珠玉，指茶的嫩芽。琲(bèi)瓃(léi)：串珠为琲，缀玉为瓃。先春：春天来临之前。黄金芽：嫩黄色的芽。

⑦鲜、芳：均指茶的嫩芽。焙：烘炒。旋：立即。不奢：不多。

⑧至尊之余：皇帝享用新茶的剩余。合王公：应由王公大臣享用。山人：诗人自指。

⑨反关：从外面将门关上。纱帽：一种透气的帽子。笼头：罩头。煎：煎茶，古时一种泡茶的方法。吃：喝。

⑩碧云：指茶的色泽。风：指煎茶时的滚沸声。白花：指煎茶或沏茶时泛起的白色泡沫。

⑪吻：唇。

⑫玉川子：诗人自指。

⑬司：统治，管理。下土：下界，人间。隔风雨：与风雨相隔断，指不知艰辛。

⑭苍生：百姓。巅崖：高崖，危崖。

⑮便为谏议问苍生：即『便为苍生问谏议』。苏息：休养生息。

刘　叉

【作者简介】

刘叉，生卒年、字号、籍贯均不详。生活于唐宪宗元和前后。少时勇力过人，出入市井为任侠，因酒杀人，遇赦出，浪游齐鲁之间。曾为韩愈的门客，不满韩愈替人写墓志铭获取报酬，遂弃之而去。后回到齐鲁一带，不知所终。

雪　车①

腊令凝绨三十日，缤纷密雪一复一②。孰云润泽在枯荄③？阛阓饥民冻欲死④。死中犹被豺狼食。官车初还，城垒未完备⑤。人家千里无烟火，鸡犬何太怨！天不恤吾甿，如何连夜瑶花乱⑥！皎洁既同君子节，沾濡多着小人面⑦。寒锁侯门见客稀，色迷塞路行商断⑧。小小细细如尘间，轻轻缓缓成朴簌⑨。官家不知民馁寒，尽驱牛车盈道载屑玉⑩。载载欲何之⑪？秘藏深宫，以御炎酷。徒能自卫九重间⑫，岂信车辙血，点点尽是农夫哭。刀兵残丧后，满野谁为载白骨？远戍久乏粮，太仓谁为运红粟⑬？戎夫尚逆命，扁箱鹿角谁为敌⑭？士夫困征讨，买花载酒谁为适⑮？天子端然少旁求，股肱耳目皆奸慝⑯。依违用事佞上方，犹驱饿民运造化防暑厄⑰。吾闻躬耕南亩舜之圣，为民吞蝗唐之德，未闻摅孽苦苍生，相群相党上下为蟊贼⑱。庙堂食禄不自惭，我为斯民叹息还叹息⑲！

【注释】

①雪车：雪中车。

②腊令：腊月。令：节令，时令。凝绨：比喻积雪。绨：白色的厚帛。一复一：一天又一天。

③枯荄(gāi)：干枯的草根。

④阛(huán)阓(huì)：街市。饥：一作『饿』。

⑤官车初还：服役者雪中推着官车刚刚回家。完备：修建好。

⑥恤：体恤，怜悯。甿(méng)：农民。瑶花：雪花。瑶：白色的玉。

⑦节：节操。小人：小人物，指穷苦百姓。

⑧寒锁：冰冷的锁。色迷塞路：白色的雪覆盖大地，堵住道路。行商：商贩。

⑨间：间杂。朴簌：象声词，指雪落声。

⑩屑玉：指雪。

⑪载载：不停地运载。之：往。

⑫徒：只要。卫：防止(炎酷)。九重：宫禁。

⑬太仓谁为运红粟：即『谁为运太仓红粟』。太仓：古代京城储存粮食的大仓库。红粟：红色的粟，因堆积年久而颜色变红。粟：小米。

⑭戎夫：武夫，指各地割据的藩镇首领。逆：违背。扁箱：即扁箱车，一种战车。鹿角：古时战地防御工事。用许多尖锐的树木结成一条防线，相互交叉，形似鹿角。

⑮士夫：士兵。适：快意，快活。

⑯端然：安然。旁：广泛。求：征求意见。股肱耳目：泛指大臣。奸慝(tè)：奸恶。

⑰依违：或顺从或违背，指摇摆不定，没有主见。佞：巧言谄媚。上方：即尚方，古代制造帝王所用器物的官署。运造化：指运雪。厄：苦。

⑱躬耕：古代帝王亲自下田的仪式。南亩：农田。为民吞蝗：即唐太宗吞蝗移灾。《贞观政要》载：贞观二年(628)，京师旱，蝗虫大起。太宗入苑视禾，见蝗虫，掇数枚而咒曰：『人以谷为命，而汝食之，是害于百姓。百姓有过，在予一人，尔其有灵，但当蚀我心，无害百姓。』将吞之，左右遽谏曰：『恐成疾，不可。』太宗曰：『所冀移灾朕躬，何疾之避？』遂吞之。摅(shū)：散布。孽：苦难。相群相党：朋比为奸。蟊(máo)贼：指危害人民或国家的人。

⑲庙堂：指朝廷。食禄：指在位者。斯民：百姓。

王建

【作者简介】

王建，生卒年不详，字仲初，颍川（今河南许昌）人。与张籍友善，二人乐府齐名，世称『张王乐府』。唐代宗大历年间进士。家贫，曾辞家从戎，北至幽州、南至荆州等地。唐宪宗元和年间，官昭应县丞、渭南尉。唐穆宗长庆初，由太府丞转秘书郎，后迁陕州司马、光州刺史，世称『王司马』。晚年居咸阳原上，境况贫困。

精卫词①

精卫谁教尔填海？海边石子青磊磊②。愿得海水作枯池，海中鱼龙何所为③！口穿岂为空衔石，山中草木无全枝。朝在树头暮海里，飞多羽折时堕水。高山未尽海未平，我愿身死子还生④。

【注释】

①精卫：即精卫鸟，相传是炎帝的小女儿女娃。

②尔：指精卫。磊磊：堆积的样子。

③枯池：干涸的池塘。鱼龙：指恶势力。龙：一作『鳖』。

④子：指精卫。

望夫石①

望夫处，江悠悠，化为石，不回头。山头日日风和雨，行人归来石应语②。

【注释】

①望夫石：多地均有，此处望夫石位于湖北黄石阳新境内。

②山：一作『上』。和：一作『复』。应语：说话。

簇蚕词①

蚕欲老，箔头作茧丝皓皓②。场宽地高风日多，不向中庭晒蒿草③。神蚕急作莫悠扬，年来为尔祭神桑④。但得青天不下雨⑤，上无苍蝇下无鼠。新妇拜簇愿茧稠，女洒桃浆男打鼓⑥。三日开箔雪团团⑦，先将新丝送县官。已闻乡里催织作，去与谁人身上着⑧！

【注释】

①簇：同『蔟』（cù），用稻草做成的供蚕作茧草蔟。簇蚕：让蚕上草蔟作茧。词：一作『辞』。

②箔（bó）：养蚕的器具，一般为竹制。一作『簿』。头：词缀。皓皓：洁白貌。

③中庭：庭中。蒿草：草名，可用来制箔。

④神蚕：古时民间把蚕看作神物。作：作茧。悠扬：缓慢。神桑：桑树之神。

⑤但得：但愿。

⑥新妇：已婚的年轻女子。拜簇：指蚕上簇作茧时，隆重地祭蚕神。稠：多。洒桃浆：用桃枝水洒在地上。

⑦雪团团：指成团的白色蚕茧。

⑧织作：将丝纺织出成品。谁人：即谁。着：穿。

水夫谣①

苦哉生长当驿边，官家使我牵驿船②。辛苦日多乐日少，水宿沙行如海鸟。逆风上水万斛重，前驿迢迢后淼淼③。半夜缘堤雪和雨，受他驱遣还复去④。夜寒衣湿披短蓑，臆穿足裂忍痛何⑤？到明辛苦无处说，齐声腾踏牵船歌⑥。一间茅屋何所值，父母之乡去不得⑦。我愿此水作平田，长使水夫不怨天⑧。

【注释】

① 水夫：即纤夫，用纤绳拉船的人。
② 当：在。驿：即驿站，古时官府在陆路、水路设置的交通站。驿船：驿站的官船。
③ 逆风上水：顶风逆水而上。万斛（hú）重：形容船极重。斛：古时容量单位，一斛为十斗或五斗。迢迢：遥远。淼淼：水势浩大，一作『渺渺』。
④ 缘堤：沿着堤岸拉船。还复去：回来了又要去。
⑤ 蓑：即蓑衣，古时用草或棕毛制成的防雨雪用具。臆穿：胸被纤绳磨破，疼痛如穿。臆：胸口。忍痛何：疼痛怎么能忍受得住。
⑥ 明：天明。腾踏：提起脚向前走。歌：喊号子。
⑦ 何所值：值什么钱。父母之乡：故乡。去：离开。
⑧ 平田：平整的农田。长：永远。

羽林行①

长安恶少出名字，楼下劫商楼上醉②。天明下直明光宫，散入五陵松柏中③。百回杀人身合死，赦书尚有收城功④。九衢一日消息定，乡吏籍中重改姓⑤。出来依旧属羽林，立在殿前射飞禽。

【注释】

① 羽林行：乐府旧题，一作《羽林郎》。羽林：即羽林军，皇帝的禁卫军。
② 恶少：恶少年，指羽林军。出名字：著名。
③ 下直：犹言下班。直：同『值』。明光宫：汉武帝时在长安所建的宫殿，泛指宫殿。五陵：西汉五位皇帝的陵墓，位于今陕西咸阳北。
④ 合死：该死，指按法律处死罪。赦书：赦免罪过的文书。
⑤ 九衢：纵横交叉的大道，指长安。消息：指赦免罪过的消息。定：确定，证实。籍：记载户籍的簿书。

江陵即事①

瘴云梅雨不成泥，十里津楼压大堤②。蜀女下沙迎水客，巴童傍驿卖山鸡③。寺多红药烧人眼④，地足青苔染马蹄。夜半独眠愁在远，北看归路隔蛮溪⑤。

【注释】

① 江陵：即今湖北荆州。即事：以当下的事物为题材所作的诗。
② 瘴云：瘴气。不成泥：没有泥泞。津楼：渡口修筑的瞭望楼台。楼：一作『头』。
③ 蜀女：指江陵的妓女。水客：船夫、渔夫，或贩运货物的行商。蜀、巴：指江陵，江陵为巴蜀之东。
④ 红药：即红芍药。烧：照耀。
⑤ 蛮溪：南方的河流。

张籍

【作者简介】

张籍（约768—约830），字文昌，原籍吴郡（今江苏苏州），寄居和州（今安徽和县）。系韩愈弟子，与王建并称『张王乐府』。唐德宗贞元十四年（798）进士。唐宪宗元和初年，任太常寺太祝，与白居易相识。后历国子助教、国子博士、水部郎中、主客郎中、国子司业。世称『张水部』『张司业』。

野老歌①

老翁家贫在山住②，耕种山田三四亩。苗疏税多不得食，输入官仓化为土③。岁暮锄犁倚空室，呼儿登山收橡实④。西江贾客珠百斛⑤，船中养犬长食肉。

【注释】

①题目一作《山农词》。野老：乡野老人。
②翁：一作『农』。
③化为土：指粮食霉烂变质。
④倚：一作『傍』。橡实：橡树、栎树的果实，即橡栗、橡子。
⑤西江：今江西九江一带。贾客：商人。

全唐诗精选

采莲曲①

秋江岸边莲子多，采莲女儿并船歌②。青房圆实齐戢戢，争前竞折漾微波③。试牵绿茎下寻藕，断处丝多刺伤手。白练束腰袖半卷，不插玉钗妆梳浅④。船中未满度前洲，借问阿谁家住远⑤？归时共待暮潮上，自弄芙蓉还荡桨⑥。

【注释】

①采莲曲：乐府古题《江南弄》之一。
②江：长江。女儿：女子。并：一作『凭』。
③房：指莲蓬。圆实：莲蓬圆，莲子实。戢（jí）戢：密集的样子。竞折：竞相摘下。
④练：煮熟的绢。浅：简单，随便。
⑤度：越过。洲：水中的小片陆地。阿谁：即谁，一作『谁家』。阿：语气助词。
⑥待：等待。芙蓉：荷花的别名。

江南曲①

江南人家多橘树，吴姬舟上织白苎②。土地卑湿饶虫蛇，连木为牌入江住③。江村亥日长为市，落帆度桥来浦里④。青莎覆城竹为屋⑤，无井家家饮潮水。长干午日沽春酒，高高酒旗悬江口⑥。娼楼两岸临水栅，夜唱《竹枝》留北客⑦。江南风土欢乐多，悠悠处处尽经过⑧。

【注释】

①江南曲：乐府《相和歌》曲名，也称《江南可采莲》。

②吴姬：吴地的美女。白苎(zhù)：白麻。苎：即伫，一种麻。
③卑湿：地势低下、潮湿。饶：多。连木：异株而枝干相连的树。牌：姿势，指长势旺盛。
④亥日：古代十二地支最后一位，阴历每隔十二天出现一个亥日。长：经常。市：集市。浦里：江河边的里弄。
⑤青莎：即莎草，多年生草本植物。
⑥长干：即长干里，故址在今江苏南京秦淮河以南至雨花台以北一带。江口：河流汇入长江的地方。
⑦娼楼：妓女所居之处，一作『倡楼』。水栅：设置于水中的栅栏。《竹枝》：即竹枝词，唐教坊曲名，本为巴渝民歌，边歌边舞，声调宛转动人。北客：来自长江以北的人。
⑧风土：风俗习惯与地理环境。悠悠：悠闲自在。

山头鹿

山头鹿，角芟芟，尾促促①。贫儿多租输不足②，夫死未葬儿在狱。旱日熬熬蒸野冈，禾黍不收无狱粮③。县家唯忧少军食，谁能令尔无死伤④？

【注释】

①芟(shān)芟：角长貌。促促：短貌。
②输不足：不能交满定额。
③熬熬：干热貌。禾黍：泛指粮食。
④不收：没有收成。收，一作『熟』。
⑤县家：县官。

江村行

南塘水深芦笋齐，下田种稻不作畦①。耕场磷磷在水底，短衣半染芦中泥②。田头刈莎结为屋③，归来系牛还独宿。水淹手足尽为疮，山虻绕身飞扬扬④。桑林椹黑蚕再眠，姑妇采桑不向田⑤。江南热旱天气毒⑥，雨中移秧颜色鲜。一年耕种长苦辛，田熟家家将赛神⑦。

【注释】

①南塘：南边的池塘。芦笋：芦苇的嫩芽。齐：齐生，指长出水面。下田：低洼的水田。畦：一块块的田。
②耕场：耕种之田。磷磷：同『粼粼』，形容水清澈。染：沾染。
③刈(yì)：割。莎：即莎草，多年生草本植物。
④虻(méng)：一种能吸人畜血的有害昆虫。身：一作『衣』。扬扬：乱飞貌，一作『扑扑』。
⑤椹：同『葚』，桑树的果实。姑妇：即婆媳。不向田：不下田。
⑥毒：形容极热。
⑦赛神：又称『赛会』，一年农事完毕后，聚饮作乐，陈酒食以酬神。

没蕃故人①

前年伐月支，城下覆全师②。蕃汉断消息，死生长别离。无人收废帐，归马识残旗③。欲祭疑君在，天涯哭此时。

【注释】

①没蕃：落入蕃人之手。蕃：即吐蕃，古时藏族在青藏高原建立的政权。

② 月支：即月氏，古代游牧民族，西汉时在西域建国，此处指吐蕃。覆：覆没，一作『没』。
③ 废帐：废弃的营帐。残旗：残余的军旗。

蛮州①

瘴水蛮中入洞流，人家多住竹棚头②。青山海上无城郭，唯有松牌记象州③。

【注释】
① 蛮州：治所在今贵州开阳境内。此诗一说为杜牧所作，题为《蛮中醉》。
② 瘴水：被瘴气笼罩的河流。瘴水蛮中：一作『瘴塞蛮江』。住：一作『在』。头：语气助词。
③ 海：也称『海子』，山塘。有：一作『见』。松牌：松木路牌。记：一作『出』。象州：治所在今广西象州。

秋思

洛阳城里见秋风，欲作家书意万重①。复恐匆匆说不尽②，行人临发又开封。

【注释】
① 见：起。家书：一作『归书』。
② 复恐：又担心。临发：将要出发。开封：拆开已经封好的家书。

全唐诗精选

崔护

【作者简介】
崔护，生卒年不详（一说772—846），字殷功，博陵（今河北定县）人。唐德宗贞元十二年（796）进士。唐文宗太和三年（829）为京兆尹，迁御史大夫，历官至岭南节度使。

题都城南庄①

去年今日此门中，人面桃花相映红②。人面只今何处去，桃花依旧笑东风③。

【注释】
① 都城：即长安。南庄：南边的村庄。
② 此门：指村庄中一个住宅的大门。人面：女子的面孔。
③ 人面：此处指女子。只今：现在，如今，一作『不知』。去：一作『在』。笑：形容桃花盛开的样子。东风：春风。东：一作『春』。

张仲素

【作者简介】

张仲素(约769—约819),字绘之,符离(今安徽宿州)人,一说鄚县(今河北任丘境内)人。唐德宗贞元十四年(798)进士,又中博学宏词科,为武宁军从事,后迁司勋员外郎。唐宪宗时官翰林学士、中书舍人。

春闺思

袅袅城边柳,青青陌上桑①。提笼忘采叶,昨夜梦渔阳②。

【注释】

①袅袅:柳树随风摆动的样子。陌上桑:路边的桑树。陌:田间小路。

②渔阳:治所即今天津蓟州,泛指东北边地。

秋闺思

碧窗斜日霭深晖,愁听寒螿泪湿衣①。梦里分明见关塞,不知何路向金微②。

【注释】

①碧窗:即碧纱窗。霭:笼罩。寒螿(jiāng):即寒蝉。

②金微:山名,即今阿尔泰山。

刘禹锡

【作者简介】

刘禹锡(772—842),字梦得,洛阳(今河南洛阳)人,郡望中山(治所在今河北定县),又作彭城(今江苏徐州)。有『诗豪』之称,与柳宗元并称『刘柳』,与韦应物、白居易合称『三杰』,并与白居易合称『刘白』。唐德宗贞元九年(793)与柳宗元同榜进士,又中博学宏词科,官监察御史。曾参加革新政治的王叔文集团。失败后,贬朗州司马,历连州、夔州、和州刺史。后为主客郎中、礼部郎中、苏州刺史等官。以太子宾客分司东都。官终检校礼部尚书。与韩愈、柳宗元过从甚密。

再授连州至衡阳酬柳柳州赠别①

去国十年同赴召,渡湘千里又分歧②。重临事异黄丞相,三黜名惭柳士师③。归目并随回雁尽,愁肠正遇断猿时④。桂江东过连山下,相望长吟《有所思》⑤。

【注释】

①连州:即今广东连州。柳柳州:即柳宗元。

②去国十年:从永贞元年(805)被谪出长安,到元和九年(815)与柳宗元一起奉召回长安。国:京师。湘:湘江。分歧:分路。

③重临二句:概括自己和柳宗元十年来的政治遭遇。重临:再次任连州刺史。黄丞相:指黄霸,字次公,西汉贤相。汉宣帝时,黄霸曾两次担任颍川太守,治行为天下第一,后入朝为丞相。上句以黄霸自比。事异:黄霸重临颍川,是受汉朝重视;诗人再授连州,则是远谪边荒,故云。三黜:三度罢免。刘禹锡和柳宗元因参加王叔文政治集团失败之后,曾三次被贬。柳士师:即柳下惠,姓展名禽,春秋时鲁国贤人,曾为士师(掌刑之官),三仕三黜。此处借指柳宗元。名:声名。

④归目:归去的目光。回雁:由南向北飞的雁。尽:尽头,消失。断猿:指断肠之猿,比喻离别时的悲痛。

⑤桂江：珠江水系西江支流之一。连山：即黄连岭，在今广东连山境内。相望：指诗人与柳宗元分路而行。《有所思》：汉乐府《铙歌十八曲》之一，内容为抒写离别之思。

插田歌①

冈头花草齐，燕子东西飞。田塍望如线，白水光参差②。农妇白纻裙③，农夫绿蓑衣。齐唱田中歌，嘤咛如《竹枝》④。但闻怨响音，不辨俚语词⑤。时时一大笑，此必相嘲嗤⑥。水平苗漠漠，烟火生墟落⑦。黄犬往复还，赤鸡鸣且啄。路旁谁家郎，乌帽衫袖长。自言上计吏，年初离帝乡⑧。农夫语计吏：「君家侬足谙。一来长安罢，眼大不相参。⑨」计吏笑致词：「长安真大处！省门高轲峨，侬入无度数。昨来补卫士，唯用筒竹布。再过二三年，侬作官人去。⑩」

【注释】

①插田：插秧。

②田塍(chéng)：田埂。白水：清澈的水。参差：形容波光闪烁。

③白纻(zhù)裙：白麻布做的裙子。纻：同「苎」，苎麻纤维织成的布。

④田：一作「郢」。嘤咛：声音娇细、清婉。如《竹枝》：好像在唱《竹枝词》。

⑤怨响音：哀怨缠绵的曲调。俚语词：用方言唱出来的民歌。

⑥嘲嗤：嘲弄，嗤笑。

⑦漠漠：布满，密布。烟火：炊烟。墟落：村落。

⑧自言：自称。上计吏：地方行政长官定期向上级呈报当地户口、垦田、收入、刑狱等治理状况的官吏。帝乡：帝王所在的地方，即长安。

⑨计吏：即上计吏。侬：我，方言。足谙：非常熟悉。罢：之后，一作「道」。眼大：眼高，指目中无人。参：一说略地看一看，一说来往。

⑩大处：大地方。省门：泛指官署的门。轲峨：高耸的样子。无度数：数不清次数，无数次。昨来：近来。筒竹布：又名筒中布，古代一种细布。

松滋渡望峡中①

渡头轻雨洒寒梅，云际溶溶雪水来②。梦渚草长迷楚望，夷陵土黑有秦灰③。巴人泪应猿声落，蜀客船从鸟道回④。十二碧峰何处所？永安宫外是荒台⑤！

【注释】

①松滋渡：在今湖北松滋西北。

②渡头：渡口。溶溶：水缓缓流动的样子。

③梦渚句：意谓原野荒芜，一望无际，楚国的遗迹都已湮没。梦渚：即云梦泽，古时楚国低洼之地的总称（范围包括今湖北南部、北部）。迷：遮住，遮挡。楚望：指楚国山川。望：视野所及。夷陵：即楚先王坟墓所在地（在今湖北宜昌）。秦灰：秦军烧毁夷陵的灰烬。据《史记·楚世家》记载，楚顷襄王二十一年（前278），秦将白起破郢（即江陵），烧夷陵。

④泪应猿声落：郦道元《水经注》中记载古渔歌云：「巴东三峡巫峡长，猿鸣三声泪沾裳。」猿声历来给人悲哀、凄惨之感。鸟道：指只有鸟能飞到的地方。

⑤十二碧峰：指巫山十二峰。永安宫：位于白帝城（在今四川奉节白帝山上）内，为刘备托孤之所。

竹枝词（其二）①

杨柳青青江水平，闻郎江上唱歌声②。东边日出西边雨，道是无晴还有晴③。

【注释】

①竹枝词：也称『竹枝』，唐教坊曲名，本为巴渝民歌，边歌边舞，声调宛转动人。刘禹锡根据民歌创作新词，多写男女爱情和三峡风情，流传甚广，为后代诗人广泛借鉴。

②郎：情郎。唱歌：一作『踏歌』。

③还：一作『却』。晴：双关，既指晴天，也指情感。

西塞山怀古①

王濬楼船下益州，金陵王气黯然收②。千寻铁锁沉江底，一片降帆出石头③。人世几回伤往事，山形依旧枕寒流④。今逢四海为家日，故垒萧萧芦荻秋⑤。

【注释】

①西塞山：位于今湖北黄石东、长江南岸，山势险峻，风景秀丽。

②王濬（206–286）：又作王璿，字士治，湖县（今河南灵宝西）人，西晋时期名将，曾任益州刺史。一作『西晋』。益州：治所在今四川成都。金陵：即今江苏南京。王气：帝王之气。黯：一作『漠』。

③寻：古代的长度单位，一寻等于八尺。千寻铁锁沉江底：写王濬水军突破吴国江防，直抵金陵。东吴末帝孙皓命人在江中暗置铁锥，并用铁锁横于江面，拦截晋船，但失败，孙皓投降。帆：一作『幡』。石头：即石头城，位于今江苏南京鼓楼区，后人以其指南京。

④人世几回伤往事：一作『荒苑至今生茂草』。寒：一作『江』。

⑤今逢：一作『从今』。四海为家：即四海归于一家，指全国统一。故垒：旧时的壁垒。萧萧：冷落凄清的样子。

元稹

【作者简介】

元稹（779—831），字微之，河南（今河南洛阳）人。少时即有才名，与白居易结为终生诗友，共同倡导新乐府运动，世称『元白』，诗作称『元和体』。唐德宗贞元九年（793）明经及第，又登『才识兼茂、明于体用科』，名列第一，授左拾遗，历监察御史。因得罪宦官，贬江陵士曹参军。唐穆宗时，官职不断升迁。长庆二年（822），与裴度同时拜相。后遭人诬陷罢相，出为同州刺史，转越州刺史，兼浙东观察使，颇有政绩。唐文宗大和四年（830），出为检校户部尚书，兼鄂州刺史、武昌军节度使。转年卒于任上。

离思五首

其一

自爱残妆晓镜中，环钗漫篸绿丝丛①。须臾日射胭脂颊，一朵红苏旋欲融②。

其二

山泉散漫绕街流③，万树桃花映小楼。闲读道书慵未起④，水晶帘下看梳头。

其三

红罗著压逐时新，吉了花纱嫩麹尘⑤。第一莫嫌材地弱，些些纰缦最宜人⑥。

其四

曾经沧海难为水，除却巫山不是云⑦。取次花丛懒回顾，半缘修道半缘君⑧。

其五

寻常百种花齐发，偏摘梨花与白人⑨。今日江头两三树，可怜和叶度残春。

【注释】

①晓：早晨。篸(zān)：同『簪』，插，戴。绿丝：头发。

②须臾：片刻，不一会儿。红苏：即红酥，红润细柔。

③散漫：慢慢地。

④道书：道家或佛家典籍。慵：懒惰，懒散。

⑤红罗：红色的丝织品。著压：一种织布工艺。时新：时髦新颖。吉了(liǎo)花纱：绣着吉了花纹的纱。吉了：又称秦吉了，八哥。麹(qū)尘：酒曲上所生菌，色淡黄如尘，此处指淡黄色。

⑥材地：质地。些些：少许，一点儿。纰(pí)缦(màn)：经纬稀疏的披帛。

⑦曾经沧海难为水：典出《孟子·尽心篇》中『观于海者难为水』。除却巫山不是云：典出宋玉《高唐赋》。楚襄王游云梦之泽，梦神女曰：『妾在巫山之阳，高邱之阻。旦为朝云，暮为行雨。朝朝暮暮，阳台之下。』

⑧取次：匆匆，草草。回顾：回头看。半缘：一半因为。

⑨发：开放。白人：肤色洁白的人，此处指亡妻。《离思五首》为诗人追悼亡妻而作。

遣悲怀三首

其一

谢公最小偏怜女，自嫁黔娄百事乖①。顾我无衣搜荩箧，泥他沽酒拔金钗②。野蔬充膳甘长藿，落叶添薪仰古槐③。今日俸钱过十万，与君营奠复营斋④。

其二

昔日戏言身后意，今朝皆到眼前来⑤。衣裳已施行看尽⑥，针线犹存未忍开。尚想旧情怜婢仆，也曾因梦送钱财。诚知此恨人人有，贫贱夫妻百事哀。

其三

闲坐悲君亦自悲，百年都是几多时⑦！邓攸无子寻知命，潘岳悼亡犹费词⑧。同穴窅冥何所望？他生缘会更难期⑨！惟将终夜长开眼，报答平生未展眉⑩。

【注释】

①谢公最小偏怜女：即『谢公偏怜最小女』。谢公：指东晋宰相谢安(320—385)，字安石，东晋政治家、名士。偏怜：偏爱。女：指谢安侄女谢道韫，诗人借指亡妻韦丛。自嫁：一作『嫁与』。黔娄：春秋时齐国隐士，家贫不肯出仕，诗人自指。乖：不和谐，不顺利。

②顾我二句：写韦的贤淑，能无微不至地照顾和体贴丈夫。荩(jìn)箧：用荩草编的衣箱。荩：一作『画』。泥：软磨硬泡，央求。

③甘：香甜。长藿：豆叶，嫩时可食。长：一作『尝』。仰：仰望。

④俸钱：薪金。奠：祭品。营奠：设祭。营斋：设斋食，延请僧道超度死者灵魂。

⑤皆：一作『都』。

⑥施：施舍。行看尽：即将没有，所剩无几。

⑦百年：指人生百年。几多时：没有多长时间。

⑧邓攸：字伯道，西晋末为河东太守，在兵乱中因弃子救侄，至死无子嗣，当时人有『天道无知，使伯道无儿』之语。寻知命：即将到知天命之年（五十岁）。潘岳（247—300）：即潘安，西晋诗人，妻子杨氏死后，曾作诗追悼，不再续弦，时人颂其为『潘杨之好』。

⑨同穴：指夫妻合葬。窅（yǎo）冥：深暗的样子。他生：来世。

⑩开眼：睁眼。未展眉：紧锁眉头，指心情不舒畅。

菊花

秋丛绕舍似陶家，遍绕篱边日渐斜①。不是花中偏爱菊，此花开尽更无花②。

【注释】

①秋丛：指成丛的秋菊。陶：指东晋诗人陶渊明。遍绕：环绕一遍。篱：篱笆。

②尽：完。更：再。

行宫①

寥落古行宫，宫花寂寞红。白头宫女在，闲坐说玄宗②。

【注释】

①行宫：帝王出行时居住的宫殿，此处指上阳宫（位于今河南洛阳市区）。

②白头：白发。玄宗：指唐玄宗。

白居易

【作者简介】

白居易（772—846），字乐天，号香山居士，又号醉吟先生，原籍太原，后迁居下邽（今陕西渭南）。有『诗魔』『诗王』之称。与元稹共倡新乐府运动，世称『元白』，与刘禹锡并称『刘白』。唐德宗贞元十五年（799）进士，授秘书省校书郎，补盩厔县尉。唐宪宗元和时，曾任翰林学士、左拾遗及左赞善大夫。因上书言事被指越职，贬江州司马，移忠州刺史。唐穆宗长庆时，由中书舍人出任杭州、苏州刺史。晚年以太子宾客及太子少傅分司东都，官终刑部尚书。晚年笃信佛教，为僧如满之弟子，世称『白香山』。

晚春

昼静帘疏燕语频，双双斗雀动阶尘。柴扉日暮随风掩，落尽闲花不见人。

赋得古原草送别①

离离原上草②，一岁一枯荣。野火烧不尽，春风吹又生。远芳侵古道，晴翠接荒城③。又送王孙去，萋萋满别情④。

【注释】

① 赋得：借古人诗句或成语命题作诗，是古代人学习作诗、文人聚会分题作诗，或科举考试时命题作诗的一种方式。这种诗体称为『赋得体』。

② 离离：茂盛的样子。

③ 远芳：草香远播。侵：占满，弥漫。晴翠：草的青翠之色。

④ 王孙：指友人。

采莲曲

菱叶萦波荷飐风，荷花深处小船通①。逢郎欲语低头笑，碧玉搔头落水中②。

【注释】

① 萦：萦回。飐(zhǎn)：摇动，颤动。通：相遇。

② 搔头：即簪。

长恨歌

汉皇重色思倾国，御宇多年求不得①。杨家有女初长成②，养在深闺人未识。天生丽质难自弃，一朝选在君王侧。回眸一笑百媚生，六宫粉黛无颜色③。春寒赐浴华清池，温泉水滑洗凝脂④。侍儿扶起娇无力，始是新承恩泽时。云鬓花颜金步摇，芙蓉帐暖度春宵⑤。春宵苦短日高起，从此君王不早朝。承欢侍宴无闲暇，春从春游夜专夜。后宫佳丽三千人，三千宠爱在一身。金屋妆成娇侍夜，玉楼宴罢醉和春⑥。姊妹弟兄皆列土，可怜光彩生门户⑦。遂令天下父母心，不重生男重生女。骊宫高处入青云⑧，仙乐风飘处处闻。缓歌慢舞凝丝竹，尽日君王看不足⑨。渔阳鼙鼓动地来，惊破《霓裳羽衣曲》⑩。九重城阙烟尘生，千乘万骑西南行⑪。翠华摇摇行复止，西出都门百余里⑫。六军不发无奈何，宛转蛾眉马前死⑬。花钿委地无人收，翠翘金雀玉搔头⑭。君王掩面救不得，回看血泪相和流。黄埃散漫风萧索，云栈萦纡登剑阁⑮。峨嵋山下少人行⑯，旌旗无光日色薄。蜀江水碧蜀山青，圣主朝朝暮暮情。行宫见月伤心色，夜雨闻铃肠断声。天旋日转回龙驭，到此踌躇不能去⑰。马嵬坡下泥土中，不见玉颜空死处⑱。君臣相顾尽沾衣，东望都门信马归。归来池苑皆依旧，太液芙蓉未央柳⑲。芙蓉如面柳如眉，对此如何不泪垂？春风桃李花开日⑳，秋雨梧桐叶落时。西宫南苑多秋草㉑，宫叶满阶红不扫。梨园弟子白发新，椒房阿监青娥老㉒。夕殿萤飞思悄然，孤灯挑尽未成眠㉓。迟迟钟鼓初长夜，耿耿星河欲曙天㉔。鸳鸯瓦冷霜华重，翡翠衾寒谁与共㉕？悠悠生死别经年，魂魄不曾来入梦。临邛道士鸿都客，能以精诚致魂魄㉖。为感君王展转思，遂教方士殷勤觅。排空驭气奔如电㉗，升天入地求之遍。上穷碧落下黄泉㉘，两处茫茫皆不见。忽闻海上有仙山，山在虚无缥缈间。楼阁玲珑五云起，其中绰约多仙子㉙。中有一人字太真，雪肤花貌参差是㉚。金阙西厢叩玉扃，转教小玉报双成㉛。闻道汉家天子使，九华帐里梦魂惊㉜。揽衣推枕起徘徊㊱，珠箔银屏迤逦开㉝。云鬓半偏新睡觉，花冠不整下堂来㉞。风吹仙袂飘飖举，犹似霓裳羽衣舞㉟。玉容寂寞泪阑干，梨花一枝春带雨。含情凝睇谢君王，一别音容两渺茫㊲。昭阳殿里恩爱绝，蓬莱宫中日月长㊳。回头下望人寰处㊴，不见长安见尘雾。惟将旧物表深情，钿合金钗寄将去㊶。钗留一股合一扇，钗擘黄金合分钿㊷。但令心似金钿坚，天上人间会相见。临别殷勤重寄词㊸，词中有誓两心知。七月七日长生殿㊹，夜半无人私语时。在天愿作比翼鸟，在地愿为连理枝。天长地久有时尽，此恨绵绵无绝期㊺！

【注释】

① 汉皇：汉武帝刘彻(前156—前87)，此处指唐玄宗。倾国：即倾国之姿，夸张形容美色迷人。御宇：御临宇内，即统治天下。

② 杨家有女：指杨玉环。

③六宫粉黛：指皇宫内所有嫔妃。古时皇帝有六个寝宫。无颜色：失去美色。

④华清池：在今陕西临潼东南骊山北麓，始建于唐开元年间，天宝时改为此名。凝脂：指白嫩而润滑的皮肤。

⑤云鬓：鬓发盛美如云。金步摇：古时妇女的一种金制发饰，多做龙凤形，垂有流苏或坠子。芙蓉帐：绣着莲花的帐子。春宵：新婚之夜。

⑥金屋：据志怪小说《汉武故事》记载，汉武帝幼时，他的姑妈将他抱在膝上，问他要不要自己的女儿阿娇做妻子。他笑对曰：『好，若得阿娇作妇，当作金屋贮之。』玉楼：华丽的楼阁。和春：指男欢女爱。

⑦列土：分封土地。据《新唐书·杨贵妃传》记载，杨贵妃的三个姊姊被分别封为韩国夫人、虢国夫人、秦国夫人，其父杨玄琰为齐国公，其母为凉国夫人，其叔杨玄珪为光禄卿，再从兄杨铦为鸿胪卿，杨锜为侍御史，从祖兄杨国忠为右丞相。可怜：可爱，可羡。

⑧骊宫：即华清宫，因为位于骊山而得名。骊山在今陕西临潼。

⑨凝丝竹：指丝（弦乐器）和竹（管乐器）奏出舒缓的旋律。看不足：看不厌。

⑩渔阳：郡名，唐时属范阳节度使所辖，此处指范阳。鼙鼓动地来：指安禄山叛乱。鼙鼓：古代军中用的小鼓。破：断，终止。《霓裳羽衣曲》：舞曲名，来历尚无定论，一般认为来自西域，开元中由西凉节度杨敬述依曲创声、流入中原，经唐玄宗润色并制作歌词。

⑪九重城阙：皇宫九重门，指京城。阙：古代宫殿门前两边的楼。千乘万骑西南行：指唐玄宗逃离长安。天宝十五载（756）六月，安禄山破潼关，逼近长安。唐玄宗带领杨贵妃等出长安向西南方向逃走。乘：一人一骑。

⑫翠华：用翠鸟羽毛装饰的旗帜，为皇帝仪仗队专用，此处指唐玄宗一行。摇摇：摇曳的样子。都门：京城的门，指延秋门，唐玄宗等从此门逃出长安。

⑬六军不发：唐玄宗逃至距长安百余里的马嵬驿（在今陕西兴平西）时，随行的禁卫军发难，不再前行，请诛杨国忠、杨玉环兄妹。六军：指天子的军队。宛转蛾眉马前死：指唐玄宗为保自身，将杨氏兄妹赐死。宛转：委婉曲折，形容杨贵妃临死前哀怨缠绵的样子。蛾眉：细长、弯曲的眉毛，代称古代美女，此处指杨贵妃。

⑭花钿（diàn）：古时女子脸上一种用金银等制成的花朵形首饰。委地：散落在地上。翠翘：一种状如翠鸟尾部长羽的首饰。金雀：即金雀钗，形似凤（古称朱雀）。玉搔头：即玉簪。

⑮云栈：高入云霄的栈道。萦纡：盘旋曲折。剑阁：又称剑门关，在今四川剑阁南。

⑯峨嵋：即峨嵋山，位于四川，唐玄宗并未经过此地。此处泛指蜀中的山。

⑰天旋地转：指时局转变。唐肃宗至德二年（757）十月，郭子仪军收复长安。同年十二月，唐玄宗还京。龙驭：皇帝的车驾。

⑱马嵬坡：即马嵬驿，杨贵妃身死处。空死处：死处空空。

⑲太液：即太液池，遗址位于今陕西西安未央区。未央：即未央宫，遗址位于今陕西西安西北。太液、未央均为西汉时所建。

⑳日：一作『夜』。

㉑西宫：即太极宫，遗址位于今陕西西安核心区。南苑：即兴庆宫，遗址位于今陕西西安碑林区。苑：一作『内』。

㉒梨园弟子：指唐玄宗当年训练的乐工舞女。梨园：唐玄宗时教习音乐、训练乐工的机构。阿监：宫中的女官。青娥：年轻的宫女。

㉓孤灯挑尽：指灯草烧尽。古时用油灯照明，为使灯火明亮，燃烧一会儿就要把浸在油中的灯草往前挑一点儿。

㉔迟迟：迟缓。耿耿：明亮。曙天：黎明时的天空。

㉕鸳鸯瓦：又称阴阳瓦，两片合在一起的瓦。霜华：霜花。翡翠衾：绣有翡翠鸟花纹的被子。

㉖临邛：即今四川邛崃。鸿都：即鸿都门，东汉都城洛阳的宫门名，此处指长安。致：招致。魂魄：指杨贵妃的亡魂。

㉗排空驭气：腾云驾雾。

㉘碧落：天界，天空。黄泉：地下。

㉙玲珑：华美精巧。五云：五彩云霞。绰约：体态轻盈柔美的样子。

㉚太真：道号。杨贵妃曾被度为女道士，道号太真。参差：仿佛。

㉛金阙：金碧辉煌的宫阙。玉扃：玉门。小玉：传说为吴王夫差的女儿。双成：传说为西王母的侍女。

㉜使：使者。九华：重重花饰的图案，形容帐子绣饰华美。

㉝珠箔：用珍珠穿成的帘。银屏：镶嵌银丝花纹的屏风。逦迤：连绵，渐次。

㉞新睡觉：刚刚睡醒。花冠不整：指来不及梳洗打扮。

㉟ 袂：衣袖。霓裳羽衣舞：以《霓裳羽衣曲》伴奏的舞蹈。

㊱ 玉容：神色，表情。阑干：纵横交织。

㊲ 凝睇：凝视。

㊳ 昭阳殿：汉成帝宠妃赵飞燕居住过的宫殿，此处指杨贵妃生前住过的宫殿。蓬莱宫：在蓬莱的仙宫。

㊴ 下望：俯视。人寰：人间，人世。

㊵ 旧物：指杨贵妃生前和唐玄宗定情的信物。钿合：一种镶嵌珠宝，两片合在一起的首饰，一说镶嵌金银珠宝的首饰盒。寄将去：托道士带走。

㊶ 一股、一扇：指一半。钗擘黄金：即「钗留一股」。擘：用手分开。合分钿：即「合一扇」。

㊷ 重：重新。寄词：托话，捎信。

㊸ 长生殿：位于华清宫内，又名集灵台，祀神之用。一说指唐代后妃的寝宫通称。

㊹ 比翼鸟：传说中的鸟名，又名鹣鹣，蛮蛮。此鸟仅一目一翼，雌雄须并翼飞行。连理枝：两棵树的枝干合生在一起。

㊺ 绵绵：连续不断。

同李十一醉忆元九①

花时同醉破春愁，醉折花枝作酒筹②。忽忆故人天际去，计程今日到梁州③。

【注释】

① 李十一：即李建，字杓直，唐德宗时历翰林学士、刑部侍郎。元九：即元稹。

② 花时：花开时。破：消除。酒筹：饮酒时用以行酒令的器具。

③ 梁州：治所在今陕西汉中。

琵琶行①

浔阳江头夜送客，枫叶荻花秋瑟瑟②。主人下马客在船，举酒欲饮无管弦。醉不成欢惨将别，别时茫茫江浸月。忽闻水上琵琶声，主人忘归客不发③。寻声暗问弹者谁？琵琶声停欲语迟。移船相近邀相见，添酒回灯重开宴④。千呼万唤始出来，犹抱琵琶半遮面。转轴拨弦三两声⑤，未成曲调先有情。弦弦掩抑声声思⑥，似诉平生不得意。低眉信手续续弹，说尽心中无限事。轻拢慢捻抹复挑，初为《霓裳》后《绿腰》⑦。大弦嘈嘈如急雨，小弦切切如私语⑧。嘈嘈切切错杂弹，大珠小珠落玉盘。间关莺语花底滑，幽咽泉流水下滩⑨。冰泉冷涩弦凝绝⑩，凝绝不通声暂歇。别有幽愁暗恨生，此时无声胜有声。银瓶乍破水浆迸，铁骑突出刀枪鸣。曲终收拨当心画⑪，四弦一声如裂帛。东舟西舫悄无言，唯见江心秋月白。沉吟放拨插弦中，整顿衣裳起敛容⑫。自言本是京城女，家在虾蟆陵下住⑬。十三学得琵琶成，名属教坊第一部⑭。曲罢曾教善才伏，妆成每被秋娘妒⑮。五陵年少争缠头，一曲红绡不知数⑯。钿头云篦击节碎⑰，血色罗裙翻酒污。今年欢笑复明年，秋月春风等闲度⑱。弟走从军阿姨死，暮去朝来颜色故⑲。门前冷落鞍马稀，老大嫁作商人妇。商人重利轻别离，前月浮梁买茶去⑳。去来江口守空船，绕船月明江水寒。夜深忽梦少年事，梦啼妆泪红阑干㉑！我闻琵琶已叹息，又闻此语重唧唧㉒。同是天涯沦落人，相逢何必曾相识！我从去年辞帝京，谪居卧病浔阳城㉓。浔阳地僻无音乐㉔，终岁不闻丝竹声。住近湓江地低湿，黄芦苦竹绕宅生㉕。其间旦暮闻何物？杜鹃啼血猿哀鸣㉖。春江花朝秋月夜，往往取酒还独倾㉗。岂无山歌与村笛？呕哑嘲哳难为听㉘。今夜闻君琵琶语，如听仙乐耳暂明㉙。莫辞更坐弹一曲，为君翻作《琵琶行》㉚。感我此言良久立，却坐促弦弦转急㉛。凄凄不似向前声，满座重闻皆掩泣㉜。就中泣下谁最多，江州司马青衫湿㉝。

【注释】

① 题目又作《琵琶引》。

② 浔阳江：流经浔阳（今江西九江）的长江。头：语气助词。瑟瑟：风吹草木声。一作「索索」。

③主人：指诗人自己。发：出发。
④回灯：重新拨亮油灯。
⑤转轴：转动琵琶上缠绕丝弦的轴调音。
⑥掩抑：低沉抑郁。
⑦拢：叩弦。捻：揉弦，一作『撚』。抹：顺手下拨。挑：反手回拨。《霓裳》：即《霓裳羽衣曲》。《绿腰》：也称《六幺》，唐时流行的一种舞曲。
⑧大弦：指琵琶上最粗的弦。小弦：指琵琶上的细弦。嘈嘈：指声音粗重。切切：指声音轻细。
⑨间关：宛转的鸟鸣声。滑：流畅，宛转。幽咽：微弱的声音。水：一作『冰』。滩：一作『难』。
⑩凝：凝滞，一作『疑』。绝：停止。
⑪当心画：在琵琶的中部划过四弦，是一曲结束时的常用弹法。画：一作『划』。
⑫拨：拨子。敛容：收敛起面部表情。
⑬虾蟆陵：在长安东南，曲江附近，是当时歌姬舞妓聚居地。
⑭教坊：古时管理宫中音乐教习、演出的机构。部：门类。
⑮善才：擅长演奏的专家。伏：一作『服』。秋娘：唐时以歌舞为职业的女子的常用名。
⑯五陵：即五陵原，系长安城外五个汉朝皇帝陵墓的所在地，位于今陕西咸阳北。缠头：系当时风俗，歌舞妓表演完毕，观者赠送绫帛之类的财物。绡(xiāo)：一种轻薄透明的丝织品。
⑰钿头云篦：镶有金银珠宝的篦形发饰。云：一作『银』。击节：打拍子。
⑱等闲度：随随便便地度过。
⑲阿姨：指鸨母。颜色故：容颜衰老。
⑳浮梁：即今江西景德镇浮梁，特产瓷器与茶叶。
㉑妆泪：眼泪流过涂着脂粉的脸上留下痕迹。阑干：纵横交织。

㉒重：又，重新。唧唧：叹息声。
㉓谪居：古时官吏被贬官到外地居住。
㉔地僻：一作『小处』。
㉕湓(pén)江：今名龙开河，流经九江，汇入长江。黄芦：一种芦苇。苦竹：一种竹子。
㉖血：一作『哭』。
㉗春江花朝秋月：即『春江花朝，秋江月夜』。花朝：鲜花盛开。独倾：独自喝酒。
㉘呕哑嘲哳(zhā)：形容声音繁杂细碎。
㉙琵琶语：用琵琶所弹奏的乐曲。暂：突然。明：清明。
㉚更：再。翻：按照曲调写成歌词。
㉛却坐：退回原处，重行坐下。促弦：拧弦。
㉜向前声：刚才演奏过的曲调。掩泣：掩面而泣。
㉝就：探究，追问。一作『座』。中：在座的人。江州司马：指诗人自己。江州：治所在今江西九江。司马：官名，掌管军政、军赋。青衫：官服。

暮江吟①

一道残阳铺水中，半江瑟瑟半江红②。可怜九月初三夜，露似真珠月似弓③。

【注释】

①暮江：黄昏时分的江边。吟：古代诗歌的一种形式。
②残阳：夕阳。瑟瑟：碧绿色。

③ 可怜：可爱。月似弓：上弦月，弯如弓。真珠：即珍珠。

问刘十九①

绿蚁新醅酒，红泥小火炉②。晚来天欲雪，能饮一杯无③？

【注释】

① 刘十九：指刘禹锡堂兄刘禹铜，排行十九。

② 绿蚁：浮在新酿的、没有过滤的酒上的微绿色泡沫。醅(pēi)：酿造。红泥：红色泥土。小火炉：一说取暖用具，一说烫酒用具。

③ 无：语气助词，表示疑问。

画竹歌

植物之中竹难写，古今虽画无似者。萧郎下笔独逼真，丹青以来唯一人①。人画竹身肥拥肿，萧画茎瘦节节竦②，人画竹梢死羸垂③，萧画枝活叶叶动。不根而生从意生，不笋而成由笔成。野塘水边碕岸侧，森森两丛十五茎④。婵娟不失筠粉态，萧飒尽得风烟情⑤。举头忽看不似画，低耳静听疑有声。西丛七茎劲而健，省问天竺寺前石上见⑥；东丛八茎疏且寒，忆曾湘妃庙里雨中看⑦。幽姿远思少人别⑧，与君相顾空长叹。萧郎萧郎老可惜，手颤眼昏头雪色。自言便是绝笔时，从今此竹尤难得！

【注释】

① 萧郎：即萧悦(生卒年不详)，兰陵(今山东苍山兰陵)人，唐代中期著名画家。丹青：丹砂、青雘(huò)两种绘画颜料，指绘画。

全唐诗精选

② 拥肿：指肥大、臃肿。竦：向上，耸立。

③ 羸：瘦弱，无力，形容没有生气。

④ 碕：同『崎』，曲折的堤岸。森森：茂盛的样子。

⑤ 婵娟：形容竹子鲜活秀美。筠粉：竹节上所生的白色粉状物。萧飒：潇洒自然。风烟情：形容摇曳多姿的婀娜形态。

⑥ 省问：记得询问。天竺寺：位于今浙江杭州天竺山。

⑦ 寒：凋零，枯萎。湘妃庙：又称黄陵庙，在湖南岳阳君山东。湘妃：指舜的妃子，尧的女儿娥皇、女英，相传二人投湘水而死，成为湘水女神。

⑧ 幽姿：姿态幽洁。远思：情致悠远。别：识别，领会。

钱塘湖春行①

孤山寺北贾亭西，水面初平云脚低②。几处早莺争暖树，谁家新燕啄春泥③。乱花渐欲迷人眼，浅草才能没马蹄。最爱湖东行不足，绿杨阴里白沙堤④。

【注释】

① 钱塘湖：即西湖，位于浙江杭州。

② 孤山寺：一说遗址位于今孤山南麓西泠印社所在地。孤山：即今杭州西湖孤山岛。贾亭：即贾公亭，唐德宗贞元年间，杭州刺史贾全在西湖造亭，名为贾公亭。云脚：雨前或雨后接近地面的云气。

③ 早莺：早来的黄鹂。暖树：向阳的树。新燕：刚从南方飞回的燕子。

④ 湖东：西湖东。足：满足。白沙堤：即白堤，又称断桥堤，在西湖东。

杭州春望

望海楼明照曙霞，护江堤白蹋晴沙①。涛声夜入伍员庙，柳色春藏苏小家②。红袖织绫夸柿蒂，青旗酤酒趁梨花③。谁开湖寺西南路，草绿裙腰一道斜④。

【注释】

① 望海楼：作者原注曰：『城东楼名望海楼。』堤：即西湖白堤，又名白沙堤。

② 伍员庙：又名伍公庙，即伍子胥祠，在吴山（又名胥山，在今杭州西湖东南）上。伍员：字子胥，春秋时吴国大夫，佐吴王夫差败越，后遭谗言被夫差杀死。苏小：即苏小小，南齐名妓，今西湖西泠桥畔存苏小小墓。

③ 红袖：指织绫的女工。柿蒂：织有柿蒂花纹的绫。

④ 青旗：指酒铺门前的酒旗。酒：指梨花酒，杭州特产。

⑤ 湖寺：指位于西湖孤山岛上的孤山寺。作者原注曰：『孤山寺在湖洲中，草绿时，望如裙腰。』

西湖晚归回望孤山寺赠诸客

柳湖松岛莲花寺，晚动归桡出道场①。卢橘子低山雨重，栟榈叶战水风凉②。烟波澹荡摇空碧，楼殿参差倚夕阳③。到岸请君回首望，蓬莱宫在海中央④。

【注释】

① 柳湖：即西湖。西湖四周多垂柳，故名。松岛：即孤山岛。孤山在湖中，多松树，故名。莲花寺：即孤山寺。归桡（ráo）：划船归去。桡：桨，楫。道场：佛教、道教布道修炼的场所。

② 卢橘子：卢橘的果实。卢橘：即金橘，产于南方。一说为枇杷。栟（bīng）榈叶：棕榈。战：颤动。

③ 澹荡：荡漾。空碧：水天相连，交相辉映。倚：映照。

④ 君：指诗题中的『诸客』。空碧：指一望相连的天光水色。蓬莱宫：传说中海上仙山之一，孤山寺内有蓬莱阁，以蓬莱宫比拟孤山寺，形容风景之美。海：指西湖。